EROBERT MICH HART

BRIDGEWATER COUNTY - BUCH 2

VANESSA VALE

Copyright © 2017 von Vanessa Vale

ISBN: 978-1-7959-0059-1

Dies ist ein Werk der Fiktion. Namen, Charaktere, Orte und Ereignisse sind Produkte der Fantasie der Autorin und werden fiktiv verwendet. Jegliche Ähnlichkeit mit tatsächlichen Personen, lebendig oder tot, Geschäften, Firmen, Ereignissen oder Orten sind absolut zufällig.

Alle Rechte vorbehalten.

Kein Teil dieses Buches darf in irgendeiner Form oder auf elektronische oder mechanische Art reproduziert werden, einschließlich Informationsspeichern und Datenabfragesystemen, ohne die schriftliche Erlaubnis der Autorin, bis auf den Gebrauch kurzer Zitate für eine Buchbesprechung.

Umschlaggestaltung: Bridger Media

Umschlaggrafik: Period Images

HOLEN SIE SICH IHR KOSTENLOSES BUCH!

TRAGEN SIE SICH IN MEINE E-MAIL LISTE EIN, UM ALS ERSTES VON NEUERSCHEINUNGEN, KOSTENLOSEN BÜCHERN, SONDERPREISEN UND ANDEREN ZUGABEN ZU ERFAHREN. SIE ERHALTEN EIN KOSTENLOSES BUCH FÜR IHRE ANMELDUNG! TRAGEN SIE SICH IN MEINE E-MAIL LISTE EIN, UM ALS ERSTES VON NEUERSCHEINUNGEN, KOSTENLOSEN BÜCHERN, SONDERPREISEN UND ANDEREN ZUGABEN ZU ERFAHREN. SIE ERHALTEN EIN KOSTENLOSES BUCH FÜR IHRE ANMELDUNG!

kostenlosecowboyromantik.com

PROLOG

*H*ANNAH

IHRE HÄNDE LAGEN AUF MIR. Ja, *ihre*. Zwei Paar großer, rauer Hände glitten über meine nackte Haut und weckten jedes Nervenende auf ihrem Weg. Ich konnte sie fühlen, einer auf jeder Seite von mir. Ich war eingeklemmt zwischen zwei harten, muskulösen Körpern, wobei ihre Erektionen gegen meine Hüften drückten. Sie wollten mich, das war offensichtlich.

Aber zwei Männer? Ich war Ärztin. Mein Sozialleben existierte aus einer einstündigen Abendessen Pause um Mitternacht zwischen Traumafällen. Die einzige Abwechslung in meiner Kleidung bestand darin, ob ich grüne oder blaue OP-Klamotten mit meinem weißen Arztkittel tragen würde. Meine Schminke war im zweiten Jahr des Medizinstudiums abgelaufen und meine Haare waren für ebenso lange Zeit nie anders frisiert worden, als in einem Pferdeschwanz, um sie aus meinem Gesicht zu halten.

Ich konnte nicht einen Mann in mein Bett locken, geschweige denn zwei. Na gut, ich hatte einen Mistkerl verführt, aber ich war noch nie so gewesen. War noch nie so heiß und erregt, wild und...ungezogen gewesen. Einer entdeckte die Rückseite meines Knies, zog mich weit auseinander. Der Andere passte seine Handlungen an, so dass ich auf meinem Rücken lag, meine Beine gespreizt. Da sie mich mit ihren Händen offenhielten, war ich ihnen auf Gedeih und Verderb ausgeliefert, stand ihnen zur Verfügung für, was auch immer sie tun wollten. Und das beinhaltete einen Finger, der sehr sanft meine Klitoris umkreiste.

„Du machst deine Höschen klatschnass", sagte die Stimme, dunkel und rau. Er schien sehr zufrieden zu sein, dass ich so erregt für ihn war. Ich *war* feucht. Ich konnte die Feuchtigkeit auf meinen Schamlippen spüren. Raue Bartstoppeln scheuerten über meinen Hals, während ich geküsst wurde. Meinen Kopf zur Seite drehend, bot ich ihm besseren Zugang.

Ich fühlte ein Ziehen an meiner Hüfte, dann vernahm ich das Reisen meiner zarten Unterhose. Das war mein einziges Zugeständnis an meine Weiblichkeit. Schicke Höschen. Dieses war nun ruiniert, nur noch ein Fetzen unbrauchbaren Stoffes, aber es war mir egal. Ein Kerl hatte gerade meine Unterhose von mir gerissen. Ich würde mich *nicht* beschweren.

„Hast du jemals zuvor zwei Männer gehabt?" Die Worte wurden in mein Ohr geflüstert. Es war der zweite Mann, seine Stimme war rauer, wenn das überhaupt möglich war. Bei diesem Klang breitete sich Gänsehaut auf meiner Haut aus.

Ich schüttelte meinen Kopf, stieß gegen seine Stirn.

„Du wirst es lieben."

Eine Hand streichelte über meine entblößte Brustwarze und ich keuchte auf. Mein Körper reagierte stark, die Spitze wurde sofort hart. Ich drückte meinen Rücken durch, gierig nach mehr. Diese leichte Berührung war nicht genug.

Ja, ich würde es lieben.

Ein Finger umkreiste meinen Eingang, rund herum im Kreis, aber glitt nicht nach innen.

„Bitte", bettelte ich. Ich wusste, was ich wollte und das waren sie. Ich wollte alles, was sie mir geben würden.

„Geduld. Gute Mädchen bekommen genau das, was sie verdienen", sagte die Stimme, während seine Finger in mich eindrangen.

„Ja!"

Auf einmal wurde ich kalt. Die sanften und leidenschaftlichen Hände waren verschwunden. Ich fühlte sie nicht länger um mich. Ich war allein. Es war dunkel und anstatt begehrt, fühlte ich mich schmutzig. Verängstigt. Entblößt.

„Böse Mädchen bekommen genau das, was sie verdienen."

Diese Stimme.

Oh Gott. Ich kannte diese Stimme.

Es war nicht die Stimme der anderen Männer. Nein, es war Brad.

Er war böse. Wütend. Ich erschauderte und rollte mich zu einem Ball zusammen, um mich selbst zu schützen.

Ich roch das vertraute, widerliche Gesichtswasser. „Du bist die Meine. Du wirst niemals von mir wegkommen."

Ich saß kerzengerade im Bett und keuchte, während ich mit den Bettlaken kämpfte, die sich um meine Beine gewickelt hatten, und versuchte fortzukommen.

Ein Traum.

Gott, es war alles nur ein Traum.

Keine heißen Männer. Kein Brad.

Ich war in meiner neuen Wohnung über dem Diner. Allein. Frei von Brad, aber schwerlich frei.

Ich war schweißbedeckt und mein T-Shirt feucht, mein Atem kam stoßweise. Meine Haut kühlte sich schnell ab, meine Nippel verhärteten sich. Meine Pussy schmerzte, erinnerte sich an die Art, wie ich im Traum berührt worden war. Meine Hand glitt unter die Decke, unter mein Höschen. Ich war feucht und erregt von dem Traum. Ich wollte, dass mich diese Finger kommen ließen, sogar bei dem verrückten Gedanken, dass es während eines Dreiers geschah. Wahnsinnig. Unwirklich. Es war jedoch nichts anderes als ein Traum gewesen. Ein heißer, schmutziger Traum, aber Brad hatte ihn ruiniert. Nicht nur in meinem Schlaf, sondern auch in meinen wachen Stunden.

Er hatte alles ruiniert.

Ich mag zwar aus LA und vor seinen grausamen Fäusten geflohen sein, aber die Stimme in meinem Kopf hatte zu wahr geklungen.

Ich würde ihm nie entkommen.

1

Hannah

Die blassgrüne Uniform des Diners konnte kaum als modisch bezeichnet werden, aber sie war bequem...und beruhigend. Ich fuhr mit meinen Händen über die Polyester Mischung und holte tief Luft. Dies war weit entfernt von der OP-Bekleidung, die ich gewöhnt war, aber das einfache Kleid mit seiner sauberen weißen Schürze war wie eine Rückkehr in eine andere Ära, genau wie diese Stadt, in der ich gelandet war. Bridgewater. Wie zur Hölle, war ich hierher gelangt? Nicht nur hier, wie in Montana, sondern hier, wie in Verstecken. Ich hatte mein echtes Leben wegen einem Arschloch Ex auf Eis gelegt. War verängstigt davongerannt.

Diese Frage schien mir in einem konstanten Kreis durch den Kopf zu gehen, seit ich in dieser kleinen, blinzle-und-du-hast-es-verpasst Stadt vor zwei Wochen angehalten hatte. Obwohl ich in einem, wie gemalt wirkenden, Tal saß, war es nicht unbedingt London. Es war weit entfernt von einem Urlaubsziel und Kellnern in einem lokalen Diner war das komplette Gegenteil von dem Traumberuf, den ich hinter mir gelassen hatte. Niemand lässt einfach so zehn Jahre an Ausbildung, Facharztausbildung und Assistenzarztzeit hinter sich. Niemand außer mir. Aber eine Frau auf der Flucht konnte nicht wählerisch sein und Bridgewater war so weit weg von der Zivilisation, wie es eine Stadt nur sein kann. Und das war der springende Punkt, oder nicht? Ich war hier nicht im Urlaub. Ich schaute mir keine Sehenswürdigkeiten an. Ich war schlicht und einfach hier, um mich zu verstecken.

Eine mittlerweile bekannte Wut stieg in mir auf und ich holte tief Luft, um meine Emotionen unter Kontrolle zu bekommen. Ich warf einen Blick auf mich im Badezimmerspiegel. Nur ein Hauch Schminke – irgendetwas musste die dunklen Ringe unter meinen Augen verbergen – und das Haar in einem glatten Pferdeschwanz zurückgebunden. Die Facharztausbildung ließ einem nicht viel Zeit, um sich schick zu machen, also war ich daran gewöhnt, mich mit meinem natürlichen Aussehen zufrieden zu geben. Ich war auch an dieses Schlafmangel Aussehen gewöhnt. Hier arbeitete ich jedoch keine achtundvierzig Stunden Schicht in der Notaufnahme. Ich sah aus wie ein Geist, weil ich Angst hatte. Und das machte mich so verdammt wütend! Er hatte mich auf das reduziert. Halb verängstigt, halb wütend. Ehrlich gesagt, war ich in diesen Tagen nicht sicher, auf wen ich wütender war – meinen Ex dafür, dass er mich verletzt hatte, oder mich selbst, dass ich wie ein Feigling davongerannt war. Oder zunächst einmal dafür, dass ich überhaupt an diesem Mistkerl interessiert gewesen war.

Brad Madison war der ideale Freund gewesen...am Anfang. Gutaussehend, aufmerksam, sogar süß. Aber ich schätze, das war die Art, wie es immer anfing. Niemand kam mit einem Typen zusammen, von dem sie wusste, dass er ein Monster war. Sie waren immer süß und charmant, liebevoll und verliebt. Brad hatte sich auch nicht über Nacht verändert. Seine Abwärtsspirale ging langsam und heimtückisch von statten. Er war allmählich immer kontrollierender geworden und mit der Zeit wurden seine Worte gemein. Nach einigen Wochen Distanz erschien das alles so offensichtlich. Die Art, wie er mich manipuliert hatte und mich dazu brachte, an mir selbst zu zweifeln – Lehrbuch des emotionalen Missbrauchs. Ich hatte es die ganze Zeit in der Notaufnahme gesehen: Frauen, die „in Türen rannten" oder „gefallen waren". Aber das war das Schöne der späten Einsicht, hinterher war man immer klüger.

Ich hatte es zu dieser Zeit nicht bemerkt, nicht einmal in all den Stunden, die ich arbeitend im Krankenhaus verbracht hatte. Die Veränderung – in Brad und unserer Beziehung – hatte sich so schleichend ereignet, dass ich jeglichen Durchblick verloren hatte.

Bis er mich schlug.

Nur ein Mal, aber das war Teil des Problems. Meine anfängliche Reaktion, nachdem der Schock und die Angst verflogen waren, war, mir selbst einzureden, dass es ja nur ein Mal gewesen war. Ich wollte ihm glauben, wollte glauben, dass es nur eine einmalige Sache gewesen war. Dass es ihm wirklich leidtat und dass er sich tatsächlich ändern würde. Dass sein plötzliches freundliches Verhalten sein wahres Selbst war. Am schlimmsten von allem war, dass ich in die klassische Falle tappte. Ich begann, mir selbst die Schuld zu geben. Ich hatte die Eier anbrennen lassen.

Der Moment, in dem ich realisierte, dass ich Entschuldigungen für ihn erfand, war in der Notaufnahme. Ich hatte sehr viel Schminke aufgetragen sowie guten Gebrauch des Abdeckstiftes gemacht, um den Bluterguss auf meiner Wange zu verdecken. Da kam eine Frau herein, die von ihrem Ehemann zusammengeschlagen worden war. Ich hatte begonnen ihr die übliche Leier über die Anzeichen häuslicher Gewalt zu halten, wie man davonkam, dass Hilfe zur Verfügung stand, falls sie ihn anzeigen wollte. Sie hatte mich angeschaut, auf meine Wange gedeutet und gefragt, was passiert war. Ich hatte meinen Mund geöffnet, um ihr eine Lüge zu erzählen und hatte dann in einem Moment der Erleuchtung bemerkt, dass ich *sie* war.

Ich erzählte ihr die Wahrheit, dass ich von meinem Freund geschlagen worden war – wegen Eiern!

Ich schwor ihr, dass ich die Sache mit Brad beenden würde, wenn sie ihren grausamen Ehemann verließ. Ich hatte die Notaufnahme in dieser Nacht verlassen, um mich ein für alle Mal von ihm zu trennen. Oder um es wenigstens zu versuchen. Ich musste all meinen Mut zusammennehmen, um Brad mitzuteilen, dass es vorbei war, da ich Angst hatte er würde mich dann wieder schlagen. Wenn er mich bereits wegen einem angebrannten Frühstück schlug, was würde er dann tun, wenn ich sagte, ich würde ihn verlassen? An diesem Punkt hatte ich gehörig Angst vor dem Man, von dem ich gedacht hatte, er wäre die Liebe meines Lebens.

Ich hatte keine Ahnung, was mit der Patientin aus der Notaufnahme geschehen war. Ich musste hoffen, dass sie sich Hilfe geholt hatte, dass sie davongekommen war. Ich? Ich war davongekommen, aber es gab keine Hilfe. Nur Verstecken.

. . .

MICH IN MEINER schlichten Ein-Zimmer-Wohnung über dem Diner umsehend, versuchte ich mich dankbar zu fühlen, anstatt darüber zu grollen, dass ich aus meinem alten Leben und Beruf gezwungen worden war. Und ich *war* dankbar. Der Raum war zwar spartanisch eingerichtet, aber sauber. Die Miete war billig und der Weg zur Arbeit war nur eine Treppe. Ich hatte Glück gehabt, diesen Ort mit seinen freundlichen Einwohnern zu finden. Bridgewater war eine Western-Stadt wie aus einem Norman Rockwell Gemälde. Die Tatsache, dass es in dem alten Diner an der Main Street mit dem Westernmotto eine freie Stelle gab, war ein Glücksfall gewesen. Ich brauchte Geld, Geld, das nicht aus einem Bankautomaten oder von meiner Kreditkarte kam, deren Transaktionen nachvollzogen werden konnten. Ich hatte natürlich keine Zeit gehabt, um ein neues Leben für mich selbst aufzubauen, bevor ich weglief, also schätzte ich mich glücklich.

Ich griff nach meinem Labello, fuhr damit über meine trockenen Lippen, wobei meine Gedanken zu Brad zurückkehrten.

Nachdem ich ihm erzählt hatte, dass ich ihn verlassen würde, lief ich aus seiner Wohnung und war naiv davon ausgegangen, dass ich ihn nie wiedersehen würde. Ich war erleichtert gewesen. Befreit. Was für eine Idiotin ich doch gewesen war. Natürlich würde er mich nicht so einfach gehen lassen. Einige Stunden später tauchte er bei meinem Zuhause auf. Ich wusste aufgrund des glasigen Ausdrucks in seinen Augen und dem Geruch von Whiskey in seinem Atem, dass er getrunken hatte.

Du gehörst mir und ich werde dich nie gehen lassen.

Diese Worte hallen nachts immer noch durch meinen

Kopf, wenn ich eigentlich schlafen sollte. Genauso wie der seltsame Traum der Nacht zuvor. Eine Mischung aus heißem Sextraum und meinem schlimmsten Alptraum. Die Besitzgier in seiner Stimme in dieser Nacht und das höhnische Lachen – lassen es mir immer noch kalt über den Rücken laufen. Die Situation entwickelte sich danach von schlecht zu furchteinflößen. Er tauchte im Krankenhaus auf, wenn ich Dienst hatte, betrunken und wütend. Er schrie herum, dass er mich beobachten würde. Dass er niemals einem anderen erlauben würde, mich zu haben. Wer weiß, was passiert wäre, wenn die Security nicht gekommen wäre?

Und dann waren da die Blumen mit einer Entschuldigungsnotiz vor meiner Tür, gefolgt von Drohnachrichten auf meiner Sprachbox. Sein Verhalten war unberechenbar geworden und ich wusste, es war nur eine Frage der Zeit, bis er wieder die Linie von emotionaler zu körperlicher Misshandlung überschreiten würde. Ich war dafür ausgebildet worden, mit Frauen über so etwas zu sprechen, hatte aus erster Hand gesehen, was ein missbrauchender Kerl tun konnte, wenn er unter Druck gesetzt wurde.

Ich versuchte mit der Polizei zu reden, aber da noch nicht wirklich etwas *passiert* war, waren deren Hände gebunden.

Da wusste ich, wenn ich in LA bliebe, würde es beim nächsten Mal nicht bei einem Bluterguss auf der Wange bleiben. Und so floh ich.

Ich drehte mich, um in den Ankleidespiegel an der Rückseite der Badezimmertür zu schauen. Musterte mich selbst. Die Uniform, die Schürze. Auf Wiedersehen Hannah Winters, Hallo Hannah Lauren.

Brad war tausende Meilen entfernt und so war es auch jegliche Gefahr. Oder so hoffte ich. Nach zwei Wochen fing ich an, leichter zu atmen, begann länger als ein paar Stunden auf einmal zu schlafen und wachte nicht mehr bei jedem kleinen Knarren des alten Gebäudes auf. Oder von einem total verrückten Alptraum. Ich hatte hier in Bridgewater nichts zu befürchten – Brad war nicht hier – und das allein war ein Grund, um dankbar zu sein. Ich hatte Los Angeles verlassen und er hatte keine Möglichkeit, mich zu finden. Dafür hatte ich gesorgt. Ich mag es vielleicht verpasst haben, den Mann als denjenigen zu sehen, der er war, aber ich war nicht dumm. Ich war eine Ärztin. Ich hatte mit jemandem aus einer Notunterkunft darüber gesprochen „wie man davonkommt" und hatte meine Spuren verwischt. Hatte meinen Nachnamen geändert.

Sobald er in der letzten Nacht gegangen war und ich sicher gewesen war, dass er nicht vor dem Apartmentkomplex wartete, war ich geflohen. Ich hatte einige Klamotten in eine Tasche geworfen, Bargeld von drei verschiedenen Bankautomaten abgehoben und war zum Busbahnhof gegangen. Ich war in den ersten Bus, den ich finden konnte, gesprungen und dann in Salt Lake City in einen anderen. Bridgewater war einfach eine der Städte, in denen der Bus angehalten hatte, um den Passagieren Zeit für eine kurze Pause und eine Mahlzeit zu geben. Als ich aus dem Bus trat und das fast surreale, in der Zeit erstarrte Bild der Main Street sah – dachte ich, dass diese kleine Stadt für eine Weile ein genauso guter Aufenthaltsort wäre wie jede andere. Um mich zu verstecken. Ich würde nur so lange bleiben, bis ich meine nächsten Schritte geplant hätte.

Der Bus war ohne mich weitergefahren und ich ertappte mich dabei, wie ich die sechs Blöcke, die das Stadtzentrum von Bridgewater darstellten, auf und ab schlenderte. Die Main Street war mit zweistöckigen Backsteingebäuden gesäumt, die geradewegs aus dem neunzehnten Jahrhundert stammten, sowie mit Geschäften, die ungelogen Cowboy Hüte und Stiefel verkauften zusammen mit Angeln, Gewehren und jeder anderen Ausrüstung, die jemand in der Natur möglicherweise brauchen würde. Es war reizend, sicherlich, aber nicht unbedingt ein Zentrum für Jobmöglichkeiten. Es war wirklich ein Glücksfall gewesen, dass das Diner ein „Hilfe gesucht" Schild im Fenster hängen hatte. Ich hatte sogar noch mehr Glück, dass die Besitzerin des Diners, Jessie, mich zu mögen schien, trotz der Tatsache, dass ich eine Außenstehende mit absolut null Erfahrung im Kellnern war. Ich war gerade erst aus dem Bus ausgestiegen und sie bot mir den Job in dem Restaurant an und die kleine Wohnung darüber.

Bis jetzt hatten sich die Dinge in Bridgewater ziemlich gut entwickelt. Die Schichten im Restaurant beschäftigten mich, die Einheimischen waren unglaublich freundlich und ich war sicher vor Brad. Ich war vollständig außerhalb seines Radars. Ich zwang ein Lächeln auf mein Spiegelbild. Siehst du? Dankbar.

Weit auseinander stehende grüne Augen starrten aus dem Spiegel zurück zu mir. Immerhin waren sie nicht länger mit Angst gefüllt – das war etwas, das ich nie wieder für selbstverständlich halten würde. Die dunklen Schatten unter meinen Augen waren auch verschwunden. Auch wenn ich bisher noch keine Nacht durchgeschlafen hatte, so war ein Arzt doch an Schlafmangel gewöhnt. Eine Kleinstadt Kellnerin zu sein, war nicht auf meinem Fünf-Jahres-Plan gestanden, als ich mein Medizinstudium abschloss, aber ich hatte bemerkt, dass es mir wundersamer

Weise ausreichend gefiel.

Der Job war auf seine eigene Art anstrengend, aber ich genoss die Ablenkung. Außerdem mag die praktische Arbeit vielleicht hart sein, aber es war bei weitem nicht so stressig wie die Arbeit in der Notaufnahme. Diejenigen, denen ich hier half, waren nicht krank oder am Sterben. Sie wollten einfach nur eine Tasse Kaffee oder das Tagesgericht. Ich vermisste natürlich meinen Job, aber die Pause von dem Leben-oder-Tod Stress war eine Erleichterung. Ich hatte dank Brad mit genug Stress in meinem Leben zu kämpfen gehabt.

Kellnern war eine ermüdende Arbeit. Zum ersten Mal seit sehr langer Zeit schlief ich am Ende des Tages ein und in letzter Zeit wachte ich immer weniger wegen Alpträumen auf.

Außerdem würde ich nicht für immer eine Kellnerin sein. Ich würde bald wieder zu meinem alten Job zurückkehren. Mein Aufenthalt in Bridegwater war für kurze Zeit, nur so lange bis Brad weggeschickt werden würde. Da er in der Armee und sogar ein Oberstleutnant war, musste er tun, was ihm befohlen wurde und er konnte den befehlshabenden Offizieren nicht einfach sagen, dass er nicht ins Ausland geschickt werden wollte. Er konnte sie nicht schlagen, wenn er nicht mit ihnen glücklich war.

Er hatte erwähnt, dass er nach Süd-Korea geschickt werden würde, um ein Bataillon, das sich um die Helikopter des Lagers kümmerte, zu führen. Er würde für vier Jahre fortgeschickt werden und es gab keine Möglichkeit, wie er mich verletzten könnte, wenn er erst einmal gegangen war. Ich kannte nicht das genaue Datum seiner Abreise, aber es konnten allenfalls nicht viel mehr als ein paar Monate sein, bis uns der Pazifische Ozean trennen würde. Alles was ich tun musste, bis er gegangen war, war mich bedeckt zu halten und dann könnte ich das Leben, das er mir gestohlen hatte, zurückfordern. Er würde in Asien sein. Auch wenn ich mir nicht wünschte, dass er das, was er mir angetan hatte, jemand anderem antut, so wusste ich, dass er wahrscheinlich eine neue Frau finden würde, die er kontrollieren und manipulieren konnte. Dann würde er mich vergessen.

Ich strich meine Haare zurück, da der Pferdeschwanz meine wilden Locken nicht wirklich bändigen konnte. Mein Dienst würde jede Minute beginnen und ich wollte nicht zu spät sein, besonders nicht wegen meiner dummen, täglichen, mentalen Motivationsrede. Das Diner der Stadt war zur Essenszeit immer bis auf den letzten Platz besetzt und meine Tage flogen nur so dahin, während ich hin und her hastete, um die Kunden zufrieden zu stellen.

Zwei Kunden stachen besonders heraus – Declan und Cole. Ich grinste meinem Spiegelbild zu. Nun diese beiden waren Kunden, die ich sehr gerne befriedigen würde. Mein sanftes Kichern klang misstönend in der stillen Wohnung. Ich hatte mein eigenes Lachen in viel zu langer Zeit nicht gehört. Die fraglichen Männer waren während jeder meiner Schichten der letzten Woche zum Mittagessen gekommen und ich betete, dass es heute nicht anders wäre. Zu sagen, dass ihre Gegenwart der Höhepunkt meines Tages war, ließ mich erbärmlich klingen. Aber, wenn ich beobachtete, wie sie durch die Eingangstür hereinkamen und sich in einer Nische in meinem Bereich – immer in meinem Bereich – niederließen, fühlte ich mich wie eine Sechzehnjährige, die für den High-School Quarterback schwärmt.

War es falsch einen Schwarm – okay, zwei Schwärme – zu haben, während man auf der Flucht war? Wahrscheinlich. Ich mag nur einen kleinen Koffer gepackt haben, aber ich hatte jede Menge Gepäck. Diese zwei sexy

Cowboys zu sehen, ließ mein Herz fast aus meiner Brust springen und brachte meine Handflächen zum Schwitzen. Nur der Anblick des männlichen Duos ließ meine Nippel hart werden und ich war mir sicher, dass das offensichtlich durch den dünnen Stoff meiner Uniform und dem darunterliegenden BH war.

Sie waren durch und durch Cowboys und Jessie hatte mich bereits beim Starren erwischt. Sie hatte sich am ersten Tag genähert, sich zu mir gebeugt und gesagt, dass beide große Schlucke Wasser wären. Ich hatte keine Ahnung, was dieser Ausdruck bedeutete, aber falls er aussagte, dass sie die Höschen von Frauen nur durch ein durchdringendes Starren feucht machten, dann hatte sie absolut recht.

Ihre heiße Cowbowy Art funktionierte bei mir. Die breiten Schultern, das scharfkantige Kiefer, der durchdringende Blick. Ja, es funktionierte absolut. Jeden verdammten Tag. Zu dem Zeitpunkt, an dem ich abends ins Bett krabbelte, war ich bereit mich selbst zu verwöhnen, während ich an Declans blaue Augen und Coles breites Lächeln dachte.

Sie waren Kavaliere – Jessie hätte mich ansonsten gewarnt – aber ihre koketten Kommentare und schmeichelhafte Aufmerksamkeit ließen mich darüber nachdenken, ob sie privat vielleicht anders wären.

Natürlich bedeutete es gar nichts. Zwei Männer, die mit mir flirteten, waren nichts Ernstes. Ich meine, zwei Männer? Es war ein harmloser Spaß und ich musste zugeben, dass es sich gut anfühlte, von ihnen auf diese Weise angeschaut zu werden. Auch wenn es nur für einfaches Flirten war. Ich flirtete auch mit Mr. Kirby, der jeden Morgen um sieben für seinen Kaffee und Toast hier war, aber er war vierundachtzig.

Es war lange Zeit her, seit ich so von irgendeinem Mann

umschmeichelt und verzaubert worden war, ganz zu schweigen von zweien. Besonders zwei. Zwei heißen, sexy Cowboys. Da ich in LA gelebt hatte, hatte ich nicht gewusst, dass ein Cowboy mich erregen könnte. Aber *zwei*! Mit dunklen Haaren und schokoladefarbenen Augen war Cole eher ein grüblerischer Typ. Declan auf der anderen Seite war die lebende Definition eines typisch amerikanischen Helden mit kurzem, ordentlich geschnittenem, rotem Haar und blauen Augen. Er war ein Polizist, so viel wusste ich von Jessies Klatsch und dem Anblick des SUV, der vor dem Diner mit einem Blaulicht auf dem Dach parkte. Aber ich hatte keine Ahnung, was Cole beruflich machte. Wenn ich seine rauen Hände, breiten Schultern und ausgeprägten Muskeln in Betracht zog, musste ich von etwas Körperlichem ausgehen. Etwas im Freien. Ein richtiger, verdammter Cowboy.

Ich war mir sicher, dass Jessie alles über diese Männer wusste und mich gerne mit den Informationen versorgen würde, wenn ich sie fragen würde. Das war das Schöne an Kleinstädten. Jeder wusste alles über jeden und Klatsch und Tratsch wurden neben Stricken und Holzarbeiten als berechtigter Zeitvertreib angesehen.

Aber zu fragen, würde bedeuten, dass ich mich einem Fremden öffnen müsste – wenn ich Fragen über sie stellte, könnte vielleicht jemand Fragen über mich stellen. Ich konnte das nicht riskieren, egal wie neugierig ich auch sein mochte. Ich konnte mich nur hinter spielerischem Geplänkel verstecken, was jegliche nachforschenden Fragen von dem heißen Duo fernhielt. Außerdem hatte ich kein Interesse daran, irgendjemandem zu erzählen, dass ich an *beiden*, Declan und Cole, interessiert war. Jessie würde mich nur auslachen.

In den ruhigeren Zeiten zwischen den Mahlzeiten ließ

ich meine Gedanken häufig wandern, während ich die Salz- und Pfefferstreuer auffüllte, und versuchte herauszufinden, wen ich mehr mochte. Declan oder Cole? Ein hinreißender Rothaariger oder einen dunkelhaarigen, heißen Typ? Es war zu einer Art Spiel geworden, das mir half meine Gedanken von meinen Problemen abzulenken.

An manchen Tagen dachte ich, es wäre Cole mit seinen grüblerischen, dunklen Augen und dem etwas zu langen Haar, das dazu neigte, ihm in die Augen zu fallen. Irgendetwas sagte mir, dass er im Schlafzimmer ein bisschen wild und sehr dominant sein würde. Wenn ich über ihn fantasierte, sah ich Augenbinden und Handschellen. Normalerweise war das nicht meine Art, aber irgendetwas an Cole ließ mich denken, dass es mir grob und schmutzig gefallen könnte, solange er die Führung übernahm.

Über Declan fantasierte ich hingegen, wenn ich in der Stimmung für langsam, süß und verführerisch war. Er hatte ein altmodisches, ritterliches Benehmen an sich und ich war mir absolut sicher, dass er wusste, wie man eine Frau befriedigt.

Jeder von ihnen, da war ich mir hundertprozentig sicher, würde jedes einzelne Mal das Vergnügen einer Frau vor sein eigenes stellen.

Und da geht es schon wieder los! Ich fantasiere über zwei Männer, die ich nie wiedersehen werde, wenn ich erst einmal aus Bridgewater fortgegangen bin. Ich war nicht immer so von Sex besessen. Hatte nie darüber nachgedacht, mit zwei verschiedenen Männern Sex zu haben. Offensichtlich war es viel zu lange her, seit ich einen Orgasmus hatte – so sehr es Brad auch gefiel die Kontrolle zu haben, er konnte mich beim besten Willen nicht zum Höhepunkt bringen. Er konnte es früher, am Anfang, aber meine Muschi schien einen besseren Mistkerl-Detektor zu haben als mein Gehirn, denn sie hörte auf an seine Lügen zu glauben. Für eine lange Zeit hatte ich mir eingeredet, dass ich schuld war – dass mein Sexualtrieb niedrig oder ich vielleicht frigide war. Das war eine Sache, richtig?

Aber nach ein wenig Zeit entfernt von Brad, kannte ich die Wahrheit. Ich war scharf bis zum geht nicht mehr, nur nicht nach seinem armseligen Hintern.

Ich musterte mein Spiegelbild ein letztes Mal, wobei ich daran dachte, dass meine zwei Lieblingskunden sehr wahrscheinlich an einem meiner Tische sitzen würden. Meinen Kopf schüttelnd, musste ich mich selbst daran erinnern, dass spielerisches Flirten alles war, was geschehen würde. Warum sollten sie an mir interessiert sein? Der Labello ließ meine Lippen nicht voller aussehen. Der Strich Mascara tat nichts, um meine Augen hervorzuheben. Und die mintgrüne Farbe der Uniform biss sich mit meiner blassen Haut. Ich würde keinen Schönheitswettbewerb gewinnen, aber die Uniform war enganliegend genug, um meine schmale Taille zu betonen und kurz genug, um ein wenig Bein zu zeigen. Aber ich trug Sportschuhe dazu, um meinen Füßen die Qual, einen ganzen Tag herumzustehen, zu erleichtern. Was für ein Aussehen!

Ich warf einen letzten Blick in den Spiegel, versicherte mir selbst, dass es nicht besser als das werden würde. Eitelkeit war unwichtig, da meine zwei Schwärme nur Fantasiematerial waren und es auch bleiben würden. Ich schnappte meine kleine Handtasche und lief zur Tür. Mein Tempo beschleunigte sich bei dem Gedanken, dass ich meine zwei Lieblingskunden wiedersehen würde. Ich war mir vollkommen bewusst, wie lächerlich es war und wie ich mich verhielt. Mit allem, das in meinem Leben vor sich ging, fühlte ich mich durch eine dumme Schwärmerei und eine vorübergehende Auszeit von meinem stressigen Job fast wieder menschlich. Ich konnte nicht für immer davonlaufen, aber als ich ins Diner lief, konnte ich nicht anders, als zu denken, dass es schlimmere Dinge gab als einen Neuanfang, sogar wenn er aus all den falschen Gründen geschah.

2

Declan

Cole rutschte mir gegenüber in der Tischnische hin und her und überprüfte seine Uhr zum millionsten Mal. „Vielleicht arbeitet sie heute nicht."

Ich unterdrückte ein Seufzen. „Jessie sagte, dass sie die Mittagsschicht arbeiten würde, oder? Wenn irgendjemand ihren Arbeitsplan kennt, dann ist es Jessie. Sie wird hier sein, entspann dich einfach."

In Wahrheit war ich wahrscheinlich genauso nervös wie Cole, aber ich war besser darin, es zu verbergen. Ich war nicht darüber besorgt, dass Hannah nicht auftauchen würde – die neue Kellnerin war in den fünf vergangenen Tagen, die wir hierhergekommen waren, um sie zu sehen, kein einziges Mal zu spät für ihre Schicht gewesen – aber ich hatte dennoch meine Bedenken. Hannah Lauren war die erste Frau, auf die wir ein Auge geworfen hatten und die

Tatsache, dass sie eine Fremde war, über die wir nichts wussten? Ja, das machte mich definitiv nervös.

Es änderte allerdings nicht die Tatsache, dass ich sie wollte – dass wir sie wollten – aber mein Bauch sagte mir, dass irgendetwas mit ihr nicht stimmte. In meiner Arbeit als Polizist hatte mich dieses Bauchgefühl bereits einige Male zuvor gerettet. Ich hörte darauf.

In Bridgewater wussten es Männer, wenn sie die Eine gefunden hatten. Es war Brauch, dass eine Frau zwei Ehemänner hatte, manchmal drei. Wir waren dazu erzogen worden, auf unsere Herzen zu hören und uns mit allem, was wir hatten, um eine Frau zu bemühen. Ich war in eine Familie geboren worden, die daran glaubte, die es lebte. Ich hatte zwei Väter, sah die Dynamik zwischen ihnen und meiner Mutter. Erkannte Liebe, wenn ich sie sah. Wusste, dass sie sich um alle ihrer Bedürfnisse kümmerten. Sie an erste Stelle stellten. Sie zum Mittelpunkt ihrer Welt machten. Ich glaubte daran und wollte das für mich selbst. Cole und ich hatten bereits vor Jahren beschlossen, dass wir uns eine Frau teilen würden. Wir hatten sie nur noch nicht gefunden. Bis jetzt.

Aber diese Stimme in meinem Hinterkopf – diejenige, die mich zu einem fantastischen Polizisten machte – war verdammt schwer zum Schweigen zu bringen, auch wenn ich glaubte, dass Hannah die Unsere sein würde.

Sie war wunderschön, daran gab es keinen Zweifel, und Funken flogen, wann immer sie in der Nähe war. Verdammt, ich wurde jedes Mal hart, wenn ich sie sah und ich wusste, Cole ging es genauso.

Es gab keinen Zweifel in meinem Kopf, dass die Anziehung beidseitig war. Ich musste kein Polizist sein, um das zu erkennen. Ihre grünen Augen schienen sich jedes Mal zu verdunkeln, wenn wir mit ihr sprachen und sie errötete, wann immer wir flirteten oder einen zweideutigen Kommentar machten. Ich würde viel Geld darauf wetten, dass sie viel Zeit damit verbrachte sich vorzustellen, wie wir im Bett wären, genauso wie wir über all die Arten nachdachten, in denen wir sie besinnungslos ficken würden, wenn wir sie erst zur Unseren gemacht hätten.

Also was war das Problem? Wir mochten sie, sie mochte uns…wir sollten die Tatsache, dass wir sie endlich gefunden hatten, feiern, anstatt hier zu sitzen und uns wie zwei eingesperrte Tiere anzustarren. Wartend. Ich wusste, was Coles Problem war – er hatte eine Wagenladung Gepäck, die er verarbeiten musste, bevor er einer Frau wieder vertrauen konnte, nach dem Mist, den seine Stiefmutter ihm und seinem Vater angetan hatte. Ich hatte das die ganze Zeit gewusst und hatte kein Problem damit. Wie meine Väter und Großväter wusste ich, dass, sobald die richtige Frau kommen würde, sie Cole helfen würde, seine Vergangenheit zu überwinden.

Ich hatte nur nie gedacht, dass ich derjenige mit einer Blockade sein würde, wenn wir sie trafen und dass mein Problem schwieriger zu lösen wäre. Von dem Moment an, in dem wir Hannah vor fünf Tagen entdeckt hatten, hatte ich gewusst, dass sie die Richtige für uns war. Aber je mehr wir sie kennen gelernt hatten – oder besser gesagt, je mehr wir sie trotz all unserer Gespräche nicht kennen gelernt hatten – desto mehr riet mir die Polizistenstimme, langsamer vorzugehen und ein paar Antworten herauszufinden.

Jessie kam mit einer Kanne Kaffee zu unserem Tisch. Sie war die Einzige in dieser Stadt, die alles über Hannah wusste, die vor zwei Wochen aus dem Nichts aufgetaucht war. Von dem, was ich mir zusammenreimen konnte, wusste sie jedoch auch nicht viel oder sagte nichts. Sie wahrte Geheimnisse wie ein verdammter Tresor. Obwohl ich das, in diesem Fall, schätzte, wollte ich sie zum Revier bringen und befragen, bis sie reden würde.

„Sie arbeitet heute, richtig, Jessie?", fragte Cole.

Wer *sie* war, verstand sich von selbst. Cole und ich waren nicht unbedingt subtil mit unserem Interesse gewesen.

„Sie wird jede Minute hier sein." Jessie füllte Coles Tasse bis zum Rand und dann meine, wobei sich ein kleines Lächeln auf ihre Lippen stahl.

Sie führte das Restaurant mit ihren zwei Ehemännern bereits länger, als ich lebte. Zu sagen, dass sie zufrieden war, dass wir uns für ihre neue Kellnerin interessierten, war eine Untertreibung. Sie war eine begeisterte Kupplerin und wir waren ihren Bemühungen schon zuvor ausgewichen. Aber jetzt, jetzt baten wir sie um Hilfe und sie genoss es zu beobachten, wie wir uns wanden.

„Hast du irgendetwas darüber herausgefunden, woher sie kam?", wollte ich wissen. „Oder was sie hier macht? Ist sie einfach nur auf der Durchreise oder – "

Sie legte eine Hand auf ihre Hüfte.

„Declan MacDonald ich habe es dir schon zuvor gesagt und ich werde es dir wiedersagen. Ich weiß nicht mehr, als ich euch bereits erzählt habe. Wenn ihr etwas über das Mädel wissen wollt, schlage ich vor, dass ihr sie selbst fragt."

Cole feixte über den Tassenrand zu mir. Wie ein Grundschüler fand es mein bester Freund immer noch lustig, zu zusehen, wie ich gerügt wurde. Ich wusste, dass er meine Bedenken gegenüber Hannah teilte, aber er schien auch zu glauben, dass sich all die Mysterien um diese Frau aufklären würden, wenn wir sie erst einmal aus dem Diner und in unser Bett bekommen hatten.

„Ich bin einfach nur neugierig", murmelte ich und versuchte Jessies finsterem Blick auszuweichen. Jessie hatte die neue Kellnerin ins Herz geschlossen und beschützte sie, als wäre sie ihre eigene Tochter.

„Jeden Tag stellst du mir die gleichen Fragen", stellte Jessie fest, wobei sie mit der Zunge schnalzte, während sie darauf wartete, dass Cole seine Tasse für einen weiteren Nachschlag ausstreckte. „Wenn dir das Mädel gefällt, musst du dein Polizistengehirn ausschalten und sie wie ein normaler Mann kennenlernen."

Ihre Worte enthielten mehr Wahrheit, als ihr bewusst war. Mein „Polizistengehirn", wie sie es nannte, wollte unbedingt ein paar Antworten haben. Hannah Lauren war ein Rätsel. Sie hatte nicht einmal ein Auto, so dass ich nicht in der Datenbank des Kraftfahrzeugamtes nach ihr suchen konnte. Es gab keine Akten mit ihrem Namen. Zum Teufel nichts tauchte auf, wenn ich nach Hannah Lauren suchte. Es hatte den Anschein, als sei sie aus dem Nichts erschienen.

Mein Bauch verriet mir, dass es mehr an ihr gab, als sie erzählte, aber er sagte mir auch, dass sie keine Kriminelle war. Zur Hölle, sie verwöhnte Mr. Kirby, der so mürrisch war wie eine Katze, die in den Bach gefallen war. Sie ertrug Sally und Violet, Jessies Freundinnen und Wichtigtuerinnen der Stadt. Hannah schien jeden zu mögen. Zum Teufel, sie schien sogar uns zu mögen. Bis zu einem gewissen Punkt und da fing mein Bauchgefühl wieder an.

Jessies Augen verengten sich, als ob sie meine Gedanken lesen könnte. „Du hörst jetzt sofort damit auf, Declan. Sie ist ein liebes Mädchen und ich verbürge mich dafür, dass sie keine Serienmörderin auf der Flucht ist, wenn es das ist, was du hören musst."

Cole lachte nun offen über mein Unwohlsein und ich musste den Drang, ihn ins Gesicht zu schlagen, unterdrücken, während Hitze meinen Hals hochkroch. Sie hatte nicht unrecht und ich wusste es. Ich war ein Polizist, seit ich das College abgeschlossen hatte, und diese Art des Denkens konnte nicht leicht abgeschüttelt werden. Das Verhören von Kriminellen – auch wenn irgendetwas anderes als Teenager Streiche oder betrunkenes Fahren selten in unserer kleinen Stadt waren – hatten mich argwöhnisch werden lassen. Die Leute in Bridgewater tendierten dazu, einander zu vertrauen – sogar Fremden. Es war eine gute Sache, aber manchmal, passierten guten Leuten schlechte Dinge.

Jessie hatte nicht unrecht und ich sagte ihr das, was ihr ein wenig den Wind aus den Segeln nahm. „Dann ist ja alles klar." Ich will verdammt sein, wenn Jessies Grinsen nicht übermütig war, als sie auf Cole, dann mich deutete. „Ihr zwei solltet aufhören, Zeit zu verschwenden und das Mädel ausführen, wenn ihr mich fragt."

Cole und ich wechselten einen Blick. Wir hatten genau das vorgehabt, sollte sich die Gelegenheit ergeben. Wir waren uns bereits einig, dass sie unser Mädel sein würde. Jetzt kam es nur noch darauf an, einen guten Zeitpunkt zu finden, um sie einzuladen. Wir hatten es schon in den letzten Tagen tun wollen, aber sie war zu beschäftigt mit der Arbeit gewesen, als dass wir hätten fragen können.

„Das denkst du?" Cole war nie jemand gewesen, der sich in die Karten schauen ließ.

Jessie nickte. „Darauf kannst du wetten. Hannah ist ein süßes Ding und bildhübsch. Sie würde eine gute Ehefrau für euch Jungs sein."

„Ich hoffe, du hast ihr das nicht erzählt", erwiderte ich, wobei ich versuchte nicht meine Augen zu verdrehen. Obwohl es toll war, dass Jessie uns ein paar Informationen über Hannah verschaffen konnte, brauchte ein Mann nicht eine Ersatzmutter, die die Arbeit für ihn erledigte. Ich war nur überrascht, dass meine *richtige* Mutter noch nicht von unserem Interesse an der neuen Kellnerin gehört hatte. Ich wartete nun schon seit Tagen auf den Anruf. „Wir möchten sie nicht vergraulen."

Jessie schnaubte durch die Nase. „Natürlich nicht. Ich werde es euch beiden überlassen, ihr zu erzählen, dass ihr nur im Doppelpack kommt und dass ihr auf der Suche nach einer Frau seid. Ich habe ihr lediglich gesagt, dass ihr zwei nette, verfügbare junge Männer seid." Sie zwinkerte uns zu. „Ich habe ein gutes Wort für euch eingelegt. Nun liegt es an euch, den Rest zu erledigen."

„Wir werden unser Bestes tun", antwortete ich, „und ich verspreche, von hier an keine Polizistenfragen mehr. Ich werde sie auf altmodische Art kennen lernen."

Wenn die altmodische Weise bedeutete, sie atemlos zu küssen, ihre Kurven kennen zu lernen und herauszufinden, was sie zum Stöhnen brachte, was sie heiß machte, was sie kommen ließ, dann war ich vollkommen dafür.

Als Jessie davonlief, trug sie ein zufriedenes Lächeln, weil sie die Diskussion gewonnen hatte.

„Du hast gerade diese nette Frau angelogen", meinte Cole, während Jessie hinter den Tresen ging. „Du wirst das nicht fallen lassen, oder? Du bist wie ein Hund mit seinem Knochen, wenn du denkst, dass etwas nicht stimmt."

Ich beugte mich über den Tisch und senkte meine Stimme. „Ich werde nicht auf Hexenjagd gehen, wenn es das ist, was du meinst. Ich will einfach nur mehr über sie wissen – woher sie kam, was sie hierhergeführt hat. Wenn Hannah wirklich die Eine für uns ist, denke ich, dass du das Gleiche wollen würdest."

Cole schob die Tasse zwischen seinen Händen hin und her. Es fiel ihm schwerer, zu zugeben, dass sie die Eine für uns sein könnte und genau jetzt konnte ich praktisch beobachten, wie sich die Rädchen in seinem Kopf drehten. "*Wenn* sie die Eine für uns ist", sagte er. "Wir wissen es nicht mit Gewissheit."

Ich schnaubte vor Belustigung, zum Glück kurz bevor ich einen Schluck meines Kaffees nahm. "Wer ist jetzt derjenige, der lügt? Ich habe die Art, wie du sie anschaust, gesehen. Du kannst deine Augen nicht von ihr nehmen. Diesen langen Beinen und hinreißenden Kurven."

Er nickte langsam. "Ich kann das nicht abstreiten. Die Frau ist verdammt heiß und unglaublich sexy."

"Und...", forderte ich ihn auf. Ich wollte hören, wie er die Worte aussprach.

Er runzelte die Stirn. "Und du weißt verdammt gut, dass ich hoffe, dass sie wirklich unsere Frau ist."

Ich versuchte, nicht zu lächeln – das zu zugeben, war schwer genug für ihn, ohne dass ich ihn auch noch auslachte. Ich war einfach froh, dass wir dieselbe Meinung hatten. Hannah war unsere.

"Da ist eine Verbindung zwischen uns Dreien", erklärte er langsam, "und ich hoffe um unser beider Willen, dass unsere Instinkte recht haben."

Meine Güte, da war mehr. "Aber..."

Cole lehnte sich in der Nische zurück und schüttelte seinen Kopf. "Du weißt verdammt gut, warum ich meine Bedenken habe."

Das tat ich und ich wusste auch, dass er sie überwinden würde, wenn er erst einmal Hannah kennen lernen würde. Genauso wie ich meine überwinden würde, wenn sie sich uns erst einmal öffnete. Ich hatte Zweifel an der Frau selbst, was nur durch ein paar Dates gelöst werden konnte. Cole hatte Probleme mit seiner Vergangenheit, die seine Urteilsfähigkeit in Bezug auf alle Frauen trübte. Wenn

Hannah es wert war, unsere Frau zu werden, dann würden ihn diese Probleme verfolgen.

„Cole, sie ist kein bisschen wie Courtney. Das musst du sehen."

Coles Stiefmutter war nur aufs Geld aus gewesen und hatte seinen Vater übers Ohr gehauen. Auf sehr grausame und schmutzige Weise. Sie hatte ihre List an dem trauernden Wittwer angewandt und ihn geheiratet, nur um sich dann kurze Zeit später von ihm scheiden zu lassen und einen Großteil seines Geldes zu stehlen. Durch sein riesiges Grundstück war der Mann wohlhabend in Montana – reich, aber er stellte es nicht zur Schau. Cole, der zu dieser Zeit ein Teenager gewesen war, konnte nur hilflos beobachten, wie diese Schlampe den Willen seines Vaters gebrochen hatte. Cole glaubte, dass ihre Handlungen der Grund dafür waren, dass sein Vater wenige Monate später einen Herzinfarkt hatte und starb.

Es verbitterte mich, wenn ich nur daran dachte, was diese Schlampe getan hatte. Aber Cole? Er war dadurch völlig abgestumpft und glaubte, dass man Frauen nicht vertrauen konnte, besonders mit seinem Herz. Mein Bauch verriet mir, dass etwas mit Hannah los war, aber es war nicht, dass sie auf Coles Farm oder sein Geld aus war, das er zurück in den Zustand versetzt hatte, in dem es vor Courtney gewesen war, zur Hölle, sogar vor dem Tod seiner Mutter.

Er zuckte mit den Achseln, aber bevor er seinen Punkt vertreten konnte, stoppte ich ihn. „Sie ist hier."

Cole drehte sich halb auf seinem Platz, um einen Blick auf besagte Frau zu werfen und dann starrten wir beide schamlos. Mann, wir waren bis über beide Ohren verliebt. Hannah. Sie war wie ein frischer Wind, der durch die Eingangstür des Diners schwebte. Sogar wenn ich nicht das

Läuten der Glocke über dem Eingang gehört hätte, hätte ich gewusst, dass sie gerade hereingekommen war. Vielleicht war ich romantisch, aber ich hätte schwören können, dass sich die Atmosphäre veränderte und mit Spannung lud. Verlangen. Mein verdammtes Verlangen. Ich rutsche auf meinem Platz umher, während mein Schwanz steif wurde. Mein Gehirn mochte zwar ein paar Zweifel an ihr haben, aber mein bestes Stück nicht.

Sie entdeckte uns sofort und nach einer kurzen Pause, so kurz, dass es die meisten Leute nicht bemerkt hätten, lief sie direkt zu unserer Nische, nachdem sie ihre Handtasche hinter den Tresen hatte fallen lassen. Ja, sie kam sofort zu uns. Sie war interessiert.

Gott, sie war so unglaublich hübsch. Es juckte mich, meine Hand auszustrecken und mit meinen Fingern über ihre Wange zu streicheln. Keine Schminke und ein Pferdeschwanz und die Frau war immer noch hinreißend. Hohe Wangenknochen und die leichte Schräge ihrer weiten grünen Augen verliehen ihr ein exotisches Aussehen – nun gut, zumindest exotisch für Bridgewater. Ihre dunklen Haare waren für die Arbeit wie gewöhnlich zurückgebunden und ihre Uniform sollte nicht so sexy sein – zur Hölle, es war überhaupt nichts sexy an ihr, wenn Jessie sie trug – aber irgendwie stand sie Hannah super. Es führte dazu, dass ich wissen wollte, was sie darunter trug. Sie war ein zierliches, kleines Ding mit straffen, üppigen Brüsten und einem süßen, runden Hintern. Und diese Beine... Scheiße, ich hatte davon geträumt, wie sich diese Beine um meine Taille schlangen, von dem ersten Moment, in dem ich sie gesehen hatte.

Sie hielt vor unserem Tisch an, ihren Notizblock und Stift bereits in der Hand. „Hi Jungs. Ich sehe, dass ihr euren Kaffee schon habt. Was kann ich euch sonst noch bringen?"

Es war das Gleiche, das sie jeden Tag dieser Woche gesagt hatte. Der Unterschied war, dass wir dieses Mal früher gekommen waren und bereits unseren Kaffee hatten. Wir brauchten nichts außer ihr. Das Diner würde sich erst in zwanzig Minuten oder so richtig mit dem mittags Ansturm füllen, was bedeutete, dass sie bleiben und plaudern konnte. Dieses Mal konnte sie nicht vor uns davonlaufen, ohne uns eine Chance zu geben, sie darum zu bitten mit uns auszugehen.

Cole verschwendete keine Zeit. „Mach mal langsam, Hannah. Du bist gerade erst zur Arbeit gekommen und es ist noch niemand hier. Warum setzt du dich nicht und leistest uns ein wenig Gesellschaft, bevor deine Schicht wirklich beginnt?"

Um seine Worte zu bekräftigen, rutschte ich auf der Bank weiter und klopfte auf den leeren Platz neben mir.

Genau das in ihren Augen. Ich hätte schwören können, ich sah Vorsicht über ihr hübsches Gesicht huschen, bevor sie ihr Grübchenlächeln aufklebte, das sie allen Kunden schenkte. Sie sah sich um, betrachtete das fast leere Diner. „Ich weiß nicht, ob ich sollte – "

„Jessie, sag Hannah, dass eine fünf-Minuten-Pause in diesen Teilen der Erde kein Verbrechen ist", rief Cole.

„Ich bin gerade erst hergekommen. Ich kann keine Pause machen!"

Jessies Lachen klang durch das Diner. „Mädchen, gönn dir eine Auszeit, so lange du es kannst. Du hast dich diese Woche krumm und bucklig gearbeitet. Donna und ich können alles fürs Mittagessen eindecken."

Man musste ihr zu Gute halten, dass sie mit einem kleinen Lächeln nachgab und in die Nische neben mich glitt, auch wenn sie einige sehr offensichtliche Zentimeter

Abstand zwischen meinen breiten Schultern und ihren schmalen, von der Uniform bedeckten hielt.

Verdammt, sie roch sogar noch besser als in meiner Erinnerung. Sauber und weiblich, der Duft ihrer Seife oder Shampoo oder, was auch immer es war, traf mich wie eine Droge. Erdbeere, Wassermelone oder so etwas, das mich dazu veranlasste, sie überall ablecken zu wollen. „Also Hannah", sagte ich mit einer Stimme, die ein wenig rau vor Verlangen war. „Erzähl uns von dir."

Cole hob eine Augenbraue, aber ich ignorierte ihn. Ich war zu sehr damit beschäftigt, Hannahs Reaktion zu meiner Frage zu beobachten. Das Lächeln geriet nie ins Wanken, während sie mit einer Schulter zuckte. „Da gibt es nicht viel zu erzählen, fürchte ich. Was ist mit euch Jungs? Wie lange lebt ihr schon in Bridgewater?"

„Hier geboren und aufgewachsen", antwortete Cole.

„Von wo bist du hierhergezogen?", versuchte ich es wieder.

„Oh, ich komme von überall." Ihr Lächeln vertiefte sich und ich sah wieder dieses niedliche Grübchen. „Ich schätze, ich bin eine Nomadin."

Coles Blick traf meinen und ich wusste, ihm war die Tatsache, dass sie den Fragen auswich, nicht entgangen. „Kommst du ursprünglich aus Montana?"

Er schaute kurz in meine Richtung und ich konnte sein Grinsen sonnenklar lesen. Er hatte das mir zuliebe gefragt. Er mochte zwar denken, dass ich paranoid war, aber er war einverstanden, mitzuspielen, besonders da ihre Ausweichtaktiken so offensichtlich waren.

„Nein und darauf bin ich neidisch", erwiderte sie. „Ich kann mir keinen wunderbareren Ort zum Aufwachsen vorstellen. Ihr zwei müsst einige tolle Abenteuer in diesen

Bergen gehabt haben." Sie zeigte aus dem Fenster in die Richtung der Spanish Peaks in der Ferne.

Ihr Blick war arglos, als sie in meine Richtung schaute, aber ich sah den Funken Intelligenz darin – sie wusste genau, was sie tat und sie machte es gut. Zum Teufel sie könnte einen Kurs über Irreführung an der Polizeischule geben.

Natürlich schluckte Cole den Köder und erzählte eine Geschichte aus unserer Kindheit, über das eine Mal, bei dem wir von einem Schneesturm überrascht worden waren, während wir im Wald zelteten. Es war eine Geschichte, die wir so oft erzählt hatten, dass wir sie auswendig konnten und Hannahs Lachen klang aufrichtig.

Ich hörte kaum zu, da ich viel zu sehr darauf konzentriert war, Hannahs Reaktionen zu beobachten, und versuchte, herauszufinden, wie ich eine weitere Frage stellen konnte, ohne diese kleine Unterhaltung in eine Befragung zu verwandeln. Zu dem Zeitpunkt, an dem Coles Geschichte endete, bemerkte ich, dass er vielleicht die richtige Idee gehabt hatte. Wenn wir wollten, dass sie sich öffnete, mussten wir zuerst etwas von uns preisgeben. Das war der Grund, warum wir sie auf ein Date bitten wollten. Wenn wir erst einmal ein anständiges Date mit ihr gehabt hatten, würde sie uns hoffentlich kennen lernen und dann eher gewillt sein, sich uns zu öffnen.

"Es wird dir hier nicht mehr so gefallen, wenn es erst Januar ist, drei Fuß Schnee auf dem Boden liegen und du deine Zehen seit zwei Monaten nicht gespürt hast", beendete Cole seine Geschichte.

Hannah begann sich in der Tischnische zu bewegen, während sie sich bereitmachte, aufzustehen. "Ich gehe dann mal besser wieder an die Arbeit."

Ich legte eine Hand auf ihre. "Nicht so hastig – "

Sie riss ihre Hand so schnell unter meiner weg, dass es mich überraschte. Ich redete weiter, tat so, als würde ich die Röte, die sich auf ihre Wangen schlich, nicht bemerken. Aber es war keine Schüchternheit oder Scham, die sie vor mir zurückschrecken ließ. Mein Magen verknotete sich bei dem Aufblitzen von Angst, das ich in ihren Augen gesehen hatte. Es war da und augenblicklich verschwunden gewesen, aber ich hatte es nicht übersehen können. Scheiße, ich hatte nie vorgehabt sie zu erschrecken.

„Lauf noch nicht weg. Cole und ich haben etwas, das wir dich gerne fragen wollten."

Ihre Schultern waren steif, aber sie blieb sitzen. Sie blickte zwischen uns beiden hin und her, als ob sie ein Tennisspiel beobachtete.

„Wir würden dich heute Nacht gerne ausführen", sagte Cole.

Ihre Verwirrung war glasklar, als sie uns abwechselnd anschaute. „Was, wie ein Freundschafts-Ding?"

Cole und ich tauschten einen Blick aus, bevor ich erklärte. „Kein Freundschafts-Ding. Definitiv kein Freundschafts-Ding."

3

Declan

„Oh", entgegnete sie, das eine Wort so schlaff wie ihre Schultern.

„Mehr als ein Freundschafts-Ding. Viel mehr", fügte Cole hinzu, „ein Date mit mir und Dec."

„Mit euch beiden?", fragte sie mit aufgerissenen Augen.

„Schau mal", begann ich, „Bridgewater ist ein bisschen ungewöhnlich in seinen Weisen..."

„Seinen Weisen", wiederholte sie langsam, als ob das helfen würde meine mehrdeutige Aussage aufzuklären. Offensichtlich hatte es ihr Jessie nicht erzählt.

„Bridgewater wurde von Menschen gegründet, die glaubten, dass eine Frau immer jemanden um sich haben sollte, der sich um sie kümmerte...der sie wertschätzte", erklärte Cole.

Sie blinzelte heftig, als würde Cole eine fremde Sprache sprechen, die keinen Sinn ergab.

Ich ging davon aus, dass es am besten wäre, es schnell hinter uns zu bringen...es abzureisen wie ein Pflaster, so zu sagen. „Hier in Bridgewater heiratet eine Frau häufig zwei Männer."

Nach einer kurzen Stille stieß Hannah ein lautes Lachen aus. „Zwei Männer. Genau", sagte sie, wobei sie das Wort langzog. „Ihr veräppelt mich, oder?"

Wie aufs Stichwort klingelte in diesem Moment die Glocke über der Eingangstür und meine Schwester, Cara, und ihre zwei Ehemänner, Mike und Tyler, kamen herein. Obwohl ich nie begeistert davon gewesen war, dass meine kleine Schwester überhaupt auf Dates ging, musste ich zugeben, dass ihre Männer ihr einen Ring angesteckt hatten, als sie ein Auge auf sie geworfen hatten und sie gut zu ihr waren. Ich nickte zu ihnen. „Schau es dir mit eigenen Augen an. Das sind meine Schwester, Cara, und ihre Ehemänner."

Mike schlang gerade einen Arm um Caras Taille, während sie zu einem Tisch im hinteren Bereich liefen und Tyler nahm ihre Hand, ihre Finger verschränkten sich ineinander. Hannah konnte meine Worte nicht anzweifeln. Meine Schwester und ich hatten das gleiche, sehr rote Haar.

„Oh mein Gott", sagte Hannah leise unter ihrem Atem, während sie offen starrte, aber Cole und ich hatten sie gehört. Sie stolperte aus der Nische, um zu stehen. „Ich, äh...ich muss arbeiten."

Auch wenn mehr Kunden anfingen, ins Restaurant zu kommen, war es kaum voll. „Bleib, Hannah", forderte ich sie auf.

War es meine Einbildung oder war sie zusammengezuckt? Ich wusste, dass Bridgewater eine Anpassung erforderte, besonders für einen Außenseiter wie Hannah, aber sie war nervös anstatt überrascht.

„Urteile nicht, bevor du es nicht in Aktion gesehen hast", sagte Cole und schaute zu ihr hoch. „Die Scheidungsrate in dieser Stadt ist extrem niedrig und die Beziehungen halten ein Leben lang."

Langzeit Bridgewater Einwohner – und Wichtigtuer – Violet Kane und ihre Freundin, Sally Martin, ließen sich in der Tischnische hinter uns nieder und taten nicht einmal so, als würden sie nicht lauschen.

„Sie haben dir die Neuigkeiten erzählt, hm?", fragte Sally mit ihrem tiefen und lauten Lachen. Die Immobilienmaklerin aß jeden Wochentag in derselben Tischnische zu Mittag und ihr konnte unsere eigene tägliche Gegenwart in Hannahs Bereich nicht entgangen sein. Sie hatte zwei Männer und Violet auch, deren Sohn Sam hatte sich gerade - zusammen mit seinem Cousin Jack – mit Katie Andrews verlobt. Die Frauen waren sehr vertraut mit der Bridgewater Weise. Sie lebten sie, gaben sie sogar an ihre Kinder weiter. „Du solltest dein Gesicht sehen."

Violet hielt ihren Ringfinger hoch und zeigte ihren Ehering. „Fünfunddreißig wunderbare Jahre mit meinen zwei Männern."

„Das ist, äh...das ist toll." Hannahs Lächeln war zurückgekehrt, aber sie war offensichtlich noch immer geschockt. „Zwei Männer. Wow."

Ich fing ihren Blick auf und lenkte ihre Aufmerksamkeit wieder zurück zu uns. „Also was sagst du? Wirst du heute Abend mit mir und Cole ausgehen?"

Cole schenkte ihr das schiefe Grinsen, das alle Frauen zu lieben schienen. „Nur ein Drink, Schatz."

Ihre Augen waren weit geöffnet und nach einer Sekunde der Stille schüttelte sie ihren Kopf, als ob sie ihn klären wollte. „Tut mir leid, nur...ich kann nicht glauben, dass ich von zwei Männern gleichzeitig um ein Date gebeten werde.

Ich gebe zu, ich hatte nicht viel Glück mit nur einem." Sie hob eine Hand, schob eine lose Locke ihres Haares zurück und ich bemerkte, wie ihre Hand zitterte. „Also wie funktioniert das? Geht ihr Männer immer zusammen auf Dates?"

Ich schüttelte meinen Kopf. Stimmen drangen durch meinen Polizeifunk auf dem Tisch und ich verringerte die Lautstärke. Wenn es einen Notfall gäbe, würde zuerst ein Signalton erklingen. „Nicht immer. Du bist besonders."

„Bes – " Vorsicht brachte ihr Lächeln ins Wanken. „Besonders, wie?"

„Du bist die Unsere." Coles Stimme war tief und überraschend besitzergreifend. Ich warf ihm einen warnenden Blick zu, als Hannah einen kleinen Schritt zurücktrat.

„Ich gehöre euch nicht", sagte sie, ihr Ton scharf und ihre Augen wütend.

Ich wollte wieder dieses kokette Lächeln auf ihren Lippen sehen. Stattdessen waren ihre Wangen blass und wenn Blicke töten könnten, wäre Cole jetzt tot. Dies war nicht, wie ich wollte, dass das hier ablief. Verdammt, wir ruinierten es.

„Was Cole zu sagen versucht, ist, dass wir Interesse an dir haben. Als mehr als Freunde. Wir denken, du könntest die Eine sein", erklärte ich schnell. Dann musste ich erzählen, wie Männer in Bridgewater es instinktiv wussten, wenn sie ihr Gegenstück gefunden hatten. Wie es vom Schicksal vorherbestimmt war.

Ihre Brauen zogen sich ungläubig zusammen, aber sie versuchte nicht, es mit einem Lachen abzutun. „Und das ist, was ihr denkt? Dass ich dazu bestimmt bin...was, eure Frau zu werden?"

„Das denken wir, ja", antwortete Cole. Seiner Antwort

fehlte der besitzergreifende Ton von vor einem Moment, aber er meinte es todernst und zeigte es in seinen Augen.

„Aber wir würden dich gerne ausführen, damit du es für dich selbst herausfinden kannst", fügte ich hinzu.

„Dass ihr gute Ehemänner abgeben würdet? Beide von euch", sagte sie, als ob dieser Fakt wiederholt werden müsste, „zur selben Zeit."

Ich fing Coles Grinsen auf, aber sie schien es nicht zu bemerken, Gott sei Dank. Sie war damit beschäftigt zu Sallys und Violets Nische zu schauen, um zu sehen, ob sie zuhörten. Ich hatte keinen Zweifel, dass sie es taten.

„Das stimmt", ergänzte Cole.

Wir sollten diese Frau wie Gentlemen um ein Date bitten und ich wollte sie auf keinen Fall mit Gerede über Dreier verschrecken. Zumindest noch nicht. Sie war sowieso schon schreckhaft genug. Wir mussten sie langsam an die Idee gewöhnen, anstatt ihr eine über den Schädel zu ziehen und sie zu unserem Bett davonzutragen. Zumindest noch nicht.

Aber wie erzählt man einer Frau, dass man sie zusammen mit einem anderen Mann erobern möchte? Wie erzählte man ihr, dass man nicht nur ein Spiel spielte, dass man es damit todernst meinte? Mit ihr? Wie sollten wir das mit einer Frau tun, die eine offensichtliche Abneigung gegenüber besitzergreifenden Männern zu haben schien? Ich probierte es mit dem lockeren Vorgehen.

Aber Cole hatte anscheinend andere Ideen. Er beugte sich vor und ergriff ihre Hand. „Zur selben Zeit und auf jede vorstellbare Weise. Du gehörst zwischen uns, Hannah. Wir werden dafür sorgen, dass du das siehst."

Ich wusste, was passieren würde, und ich hatte recht. Sie zog ihre Hand weg und trat mit solch einer Hast zurück, dass ich dachte, sie würde stolpern. Scheiße. Ich warf Cole einen warnenden Blick zu. Anscheinend hatte er ihre Reaktion, als ich ihre Hand berührt hatte, nicht bemerkt. Was auch immer diese Frau über ihre Vergangenheit verbarg, sie hatte Angst und wir hatten es nur noch schlimmer gemacht. Es war offensichtlich, dass sie Freunde gehabt hatte, die ein wenig zu besitzergreifend gewesen waren und das passte mir überhaupt nicht. Jemand mit so einer Vergangenheit konnte leicht unser Interesse als überwältigend fehldeuten. Besessen sogar.

Ich hielt meine Stimme tief und ruhig und versuchte, mich nicht auf sie zu zubewegen. „Hannah, es tut uns leid. Wir versuchen nicht, dich zu irgendetwas zu drängen, ich schwöre das, aber wir haben schon Interesse an dir, seit wir dich zum ersten Mal gesehen haben. Wir waren seitdem jeden Tag hier, weil wir hofften, dass wir dich einfach nur in unsere Richtung lächeln sehen würden."

Meine Ehrlichkeit schien zu helfen, da sich ihre Haltung ein wenig entspannte.

„Sally und Violet, zum Teufel, sogar Jessie, können für uns bürgen." Ich konnte die Damen hinter mir nicht sehen, aber ich musste davon ausgehen, dass sie mit ihren Köpfen nickten oder ein Daumenhochsignal gaben. Cole schaute nämlich über meine Schulter und grinste.

„Wir...mögen dich einfach und wollen dich besser kennen lernen."

Das war eine absolute Lüge. Wir mochten sie nicht einfach nur. Wir wollten sie. Wussten, dass sie die Unsere werden würde.

Ihre Augen sprangen zu den Damen, aber sie sah immer noch misstrauisch aus. Immerhin rannte sie nicht mehr weg. Sie stand mit sicherem Abstand neben unserem Tisch und spielte mit ihrem Notizblock und Stift. Ihr Blick wanderte von mir zu Cole und wieder zurück.

„Wenn ich dreißig Jahre jünger wäre, meine Liebe", verkündete Sally, „würde ich es dir nicht so leicht in Bezug auf diese beiden machen. Du musst zugeben, du hast hier zwei heiße Männer, die bereit sind dich zu Ihrer zu machen. Sie sind keine Perversen, sie sind Bridgewater Männer. Das ist die Art, wie sie in dieser Gegend sind. Groß, dominant und zu sexy für ihr eigenes Wohl. Wenn sie sagen würden, dass sie mich zwischen ihnen wollten, glaubst du, ich würde dann noch hier sitzen? Zur Hölle, nein. Lass dich darauf ein und mit *darauf* meine ich sie."

Ich musste mich daran erinnern, Sally später einen Blumenstrauß für ihre Hilfe zu schicken.

Zu meiner Überraschung entdeckte ich etwas Anderes in Hannahs Augen – etwas, das sich hinter der Angst und Nervosität verbarg.

Anziehung. Ja! Es war die ganze Zeit dort gewesen, so wie wir es vermutet hatten. Es gab eine Chemie zwischen uns. Eine geteilte Chemie. Aber wir hatten sie mit unserem verdammt ungeschickten Vorgehen verschreckt.

„Wir sind ziemlich schlecht darin, eine Frau um ein Date zu bitten, oder?", fragte ich, während ich beobachtete, wie sie auf ihrer Unterlippe kaute. „Gib zwei Idioten eine Chance."

„Er ist der Idiot", konterte Cole. „Ich habe dir gesagt, dass ich dich will, dass ich dich zwischen uns will. Ich kann das nicht versauen."

Ich schaute zu Cole, der mit unerträglich selbstgefälliger Miene einen Schluck von seinem Kaffee nahm. Vielleicht war er doch kein so großer Idiot. Wenn es Fantasien darüber, mit uns beiden zusammen zu sein, waren, die sie dazu bewegen würden, uns eine Chance zu geben, war ich absolut dafür.

Aber sie hatte noch nicht ja gesagt und ich hatte Angst

sie zu sehr unter Druck zu setzen. Sie mochte vielleicht in Versuchung sein, aber ein Schubs in die falsche Richtung und sie würde davonrennen.

Das Schicksal, in der Gestalt neugieriger Nachbarn, schaltete sich ein.

Violet fügte Sallys Worten hinzu: „Mädchen, wenn du dir diese Jungs durch die Finger gehen lässt, wirst du es bereuen. Und wenn du dir Sorgen wegen all dem Neandertaler-Gequatsche machst, sie meinen es auf eine gute Art und Weise. Vertrau mir. Zum Geier, vertraue praktisch jeder verheirateten Frau in dieser Stadt."

Hannah nahm einen hübschen Rotton an, als es offensichtlich wurde, dass die Tische um uns herum, die sich mit Mittagsgästen gefüllt hatten, diese Sache zu ihrer Angelegenheit machten. Ja, jeder wusste, dass wir an ihr interessiert waren. Zur Hölle, wir waren die ganze Woche hierhergekommen. Aber niemand hatte den Mund aufgemacht und gesagt, dass es falsch wäre, dass ihr zwei Männer direkt sagten, dass sie daran interessiert wären, sie zu ihrer Frau zu machen. Ganz im Gegenteil. Wir hatten die ganze Stadt auf unserer Seite.

Cole zwinkerte ihr zu.

„Es stimmt. Alles, was sie gesagt haben, seit wir mit Lauschen begonnen haben", ergänzte Violet. „Ich kenne diese Jungs schon ihr ganzes Leben. Du könntest dir keine zwei besseren Männer wünschen. Richtig, Jessie?"

Jessie lief gerade mit einem mit Essen beladenen Tablett an uns vorbei. „Ich habe ihr schon erzählt, dass sie verrückt wäre, wenn sie diesen Jungs nicht erlauben würde, ihr eine gute Zeit zu bereiten. Der Himmel weiß, dass sie es braucht."

Hannahs Schamesröte vertiefte sich, während sie ihr Starren auf meine Hände, auf den Tisch…überall hinverlegte, um Augenkontakt zu vermeiden. Jessie hatte ganz klar den Nagel auf den Kopf getroffen. Diese Frau musste mal ein wenig Spaß haben. Und wir würden die Männer sein, die ihn ihr geben würden. Vielleicht würden ein oder drei Orgasmen helfen, diese Frau zu entspannen und sich zu öffnen.

Scheiße. Ich hasste es zu zugeben, dass Cole recht hatte, aber es schien er wusste von Anfang an, was er tat. Hannahs sexuelles Interesse ansprechen und sie selbst sehen lassen, wie toll wir drei zusammen sein könnten. „Gehst du mit uns aus?"

Sie schaute endlich zu mir hoch.

Ich senkte meine Stimme und ließ sie das Verlangen sehen, das ich versucht hatte zu verstecken. „Wirst du uns die Chance geben, dir eine gute Zeit zu bereiten?"

Sie leckte ihre Lippen und mein Schwanz wurde sofort hart. Ich konnte sehen, dass sie darüber nachdachte, *wie* wir ihre eine gute Zeit bereiten würden. Verdammt, diese Frau war erregt und nur zu wissen, dass sie das kleineste bisschen neugierig war, erregte mich und ließ mich bereit sein. Ich konnte mit neugierig starten und es zu interessiert steigern und das einen Schritt weiter zu erregt bringen. Was ich nicht dafür geben würde, diese süßen Lippen zu kosten und andere Teile von ihr.

Die plötzliche Ankunft meiner Schwester an unserem Tisch war die kalte Dusche, die ich benötigte, um die Kontrolle zu wahren, um mich daran zu erinnern, dass uns alle beobachteten. Und belauschten. Und sich einmischten.

„Was ist hier los?", fragte sie mit einem neckenden Lächeln. „Jeder in diesem Laden beobachtet, wie ihr Jungs versucht die heiße, neue Kellnerin aufzureißen. Mit nicht viel Erfolg, möchte ich hinzufügen, nach ihrem Gesichtsausdruck zu schließen."

Hannah lachte darüber, was die Anspannung in ihrem Körper auflöste, und das Lächeln meiner Schwester vertiefte sich. „Hi, ich bin Cara."

„Hannah Lauren", sie nickte, „schön dich kennen zu lernen."

Meine Schwester, die einige Zentimeter größer war als Hannah, schlang einen Arm um sie, als ob sie schon immer beste Freundinnen wären. „Also, worin liegt die Verzögerung, meine Dame? Brauchst du eine andere Frau, die sich für diese Jungs verbürgt? Ich kann dir gleich jetzt erzählen, dass du es nicht besser treffen könntest, auch wenn einer von ihnen mein nerviger, älterer Bruder ist."

Cole stieß ein amüsiertes Schnauben aus und schaute zu Hannah hoch. „Sie muss das sagen. Dec ist eine verdammte Plage."

„Und du bist ebenfalls praktisch wie ein Bruder für mich, was dich genauso nervig macht", fügte Cara hinzu. Sie wandte sich an Hannah. „Es ist wahr. Ich bin nicht gerade unparteiisch." Sie senkte ihre Stimme, als ob das die Lauscher vom Zuhören abhalten würde. „Aber von einer Frau zur anderen, ich kann dir sagen, dass du etwas verpassen würdest, wenn du die Bridgewater Weise nicht ausprobierst."

Sie warf einen Blick zu ihrem Tisch, wo Mike und Tyler saßen, und Hannah schaute auch dorthin. Das Flüstern meiner Schwester war laut genug, dass es ich und Cole und jeder um uns herum hören konnte. „Ernsthaft, Mädchen. Du schuldest es dir selbst und allen Frauen, diesen Jungs eine Chance zu geben."

Mit einem übertriebenen Zwinkern ließ sie ihren Arm fallen und machte sich auf den Weg zu ihrem Tisch, wobei sie laut rief: „Wir müssen bald mal zusammen einen trinken gehen, Hannah. Ich werde dir dann all den pikanten Tratsch über meinen Bruder verraten."

Hannah drehte sich wieder zu mir. Diese hellen, grünen Augen funkelten immer noch mit Lachen. Meine Güte, sie war atemberaubend.

„Also, was sagst du?", rief Sally.

Herrje, die ganze Stadt war Teil unserer Bitte um ein Date. Ich war mir nicht sicher, ob Cole und ich absolut erbärmlich waren oder ob Hannah einfach ein wenig mehr Überredungskunst brauchte als die Meisten. „Danke euch allen, ich glaube, Hannah hat es verstanden", verkündete ich.

Alle Augen lagen auf Hannah und sie gab mit einem Lächeln nach. „Na gut, warum nicht? Außerdem wird mich jeder hassen, wenn ich nicht zumindest auf ein Date mit euch gehe. Mit euch beiden."

„Ich habe das gehört", sagte Jessie, die gerade wieder vorbeilief. „Jetzt da das geklärt ist, lasst das Mädel zurück an die Arbeit gehen."

Hannah schenkte uns ein letztes Lächeln, bevor sie davonlief, um die Bestellung an einem der neuen Tische, die sich gerade erst hingesetzt hatten, aufzunehmen. Ich schaute zu Cole, der sich in seinem Platz zurücklehnte und sehr zufrieden mit sich selbst aussah.

„Du weißt, dass sie nur zugestimmt hat, mit uns auszugehen, um ihre Ruhe vor allen zu haben, nicht wahr?", wollte ich wissen.

Das schien ihn nicht zu kümmern. Er tat es achselzuckend ab. „Was auch immer es benötigt, um sie zwischen uns zu bekommen. Es ist nicht wirklich wichtig, oder? Wenn sie die Eine ist, werden wir es ihr beweisen. Wir brauchen nur eine Chance."

Ich konnte das nicht abstreiten. Wenn wir die Möglichkeit bekamen, würden wir ihr zeigen, wie es zwischen uns wäre. Wie wir zusammen im Bett wären, Cole unter ihr, ihr Körper gegen seinen gepresst und ich hinter ihr, würden wir sie nehmen, bis sie vor Vergnügen aufschreien würde.

Trotzdem beobachtete ich sie sorgfältig, während wir unser Mittagessen aßen und sie im Restaurant herumrannte, Bestellungen aufnahm und mit Essen beladene Teller servierte. Wir ließen uns sehr viel Zeit mit unseren Mahlzeiten. Keiner von uns wollte hier rauslaufen, ohne unsere Pläne zu bestätigen.

Cole mochte vielleicht große Töne spucken, aber sogar er konnte sehen, dass ihr das Ja von unseren gutmeinenden Freunden aufgezwungen worden war. Zur Hölle, fasst von der ganzen verdammten Stadt.

Als schließlich eine Pause im Mittagsgeschäft war, gelangte sie wieder an unseren Tisch. Sally und Violet waren gegangen genauso wie Cara und ihre Männer. Ihre Hände an der Schürze abwischend, schenkte sie uns ein nervöses Lächeln, dann biss sie auf ihre Lippe. „Es sind jetzt alle gegangen, also...ähm. Schaut, wir müssend dieses Date nicht durchziehen – "

„Oh nein, du machst jetzt keinen Rückzieher", unterbrach Cole sie und hielt seine Hand hoch.

Ich trat ihn unter dem Tisch, aber immerhin schien Hannah dieses Mal nicht zu sehr über seinen besitzergreifenden Ton zu erschrecken. Tatsächlich tat sie so, als hätte sie ihn überhaupt nicht gehört. „Ich bin mir sicher, dass sie alle recht haben und ihr wirklich nette Kerle seid. Aber die Tatsache ist die, ich bin nicht auf der Suche nach einer Beziehung mit einem Mann, ganz zu schweigen mit zweien."

„Du magst vielleicht nicht auf der Suche sein, aber du wurdest gefunden", entgegnete ich.

Ihr Lachen war sanft und süß. „Ich weiß das zu schätzen, das tue ich wirklich. Aber ich glaube nicht, dass eine Nacht meine Meinung ändern wird. Wir könnten uns alle einfach ein wenig Zeit sparen."

Genau das gerade – es klang wie eine Herausforderung. Ich begegnete Coles Blick und wusste, er dachte das Gleiche. Wenn sie uns eine Nacht geben würde, würden wir sicherstellen, dass sie nach mehr betteln würde.

Cole beugte sich vor, aber dieses Mal versuchte er nicht, ihre Hand zu ergreifen. Vielleicht kapierte er es doch noch. „Schau, Schätzchen, das wird kein One-Night-Stand werden. Du gehörst zu uns – in unser Bett und in unser Leben. Gib uns eine Nacht, um dir das zu zeigen. Wenn du danach raus willst, werden wir dich gehen lassen."

Ihre Lippen öffneten sich, als er unser Bett erwähnte. Heiliges Kanonenrohr, ich war steinhart. Ihr Hirn mochte ihr zwar etwas Anderes raten, aber sie wollte es. Uns. Ihre Nippel waren hart. Sie waren auf meiner Augenhöhe und diese verdammte Uniform tat nichts, um sie zu verbergen. Hannah wollte es – uns – und ich konnte nicht abwarten, es ihr zu geben. Aber ich würde sie nicht zwingen. Auf ihre Antwort zu warten, brachte mich um.

Schließlich gab sie mit einem Seufzen nach. „Schon gut. Eine Nacht. Aber keine Versprechen für danach."

Ich grinste sie an. „Na gut! Wir werden dich um sieben abholen und ins Barking Dog ausführen – es ist nicht schick, aber wir mögen es."

Sie streckte sich ein wenig. „Ihr müsst nicht zu mir kommen. Ich kann euch dort treffen."

Cole versuchte, ein Lachen zu unterdrücken und versagte. Ich lächelte zu ihr hoch. „Als Polizist bewundere ich, was du tust. Du solltest fremden Männern nicht erzählen, wo du lebst. Aber als ein Einwohner von Bridgewater muss ich dir sagen...es ist sinnlos. Jeder weiß, dass die neue Kellnerin über dem Diner lebt. Außerdem sind wir Gentlemen und wir werden dich an deiner Tür abholen."

Sie stieß ein resigniertes Seufzen aus. „Okay, na gut. Ich werde euch dann um sieben sehen."

Wir beobachteten, wie sie davonlief und wie ihr perfekter, kleiner Hintern unter dem Rock ihrer Uniform hin und her schwang. Ich konnte es nicht erwarten, sie aus diesem verdammten Kleid und in unser Bett zu bekommen. Heute Nacht. Wir hatten eine Chance, um sie zu verblüffen und sie sehen zu lassen, wie gut dies sein könnte.

Richtig. Überhaupt kein Druck.

4

Hannah

Dies war ein Fehler. Ich hatte gewusst, dass es eine schlechte Idee war, als ich ja gesagt hatte – als ich von der halben Stadt dazu gezwungen worden war mit Cole und Declan auszugehen – aber sobald ich die Tür öffnete und meine zwei sehr heißen Dates vor meiner Haustür stehen sah, konnte ich mich nicht dazu bringen, mich darum zu scheren. Vielleicht war es die Tatsache, dass ich seit Jahren – wenn überhaupt jemals – nicht das Objekt von so viel schmeichelhafter, männlicher Aufmerksamkeit gewesen war.

Sie standen nebeneinander auf dem kleinen Absatz oben auf der Treppe. Sie trugen beide ein Polohemd und Jeans, aber damit endeten die Ähnlichkeiten auch schon. Declan war einige Zentimeter größer als Cole, aber schmaler. Coles breite Schultern würden seinen Freund von dem Treppenabsatz stoßen, wenn er sich ein bisschen drehte. Declans rotbraunes Haar war ein wenig feucht, als ob er gerade erst aus der Dusche gekommen wäre und dass ließ meine Gedanken in die falsche Richtung wandern. Sie hielten ihre Hüte in den Händen und ihre Augen, nun ja, ihre Augen waren direkt auf mich fokussiert. Ihnen gefiel, was sie sahen, und sie zeigten es in ihren erhitzten Blicken.

Ich war hier in Schwierigkeiten und ich hatte noch nicht einmal Hallo gesagt.

War es die Tatsache, dass ich mich mitten in einer Männerlosenphase befand oder waren es insbesondere diese Männer, die diesen Effekt auf mich hatten? Als Declan meinen Ellbogen ergriff und mich die Treppe hinunterführte, sogar die Tür für mich öffnete und mich in das Führerhaus von Coles Truck hob, verstummte der vernünftige Teil meines Gehirns, der mir den ganzen Nachmittag erzählt hatte, was für eine schreckliche Idee das doch war.

Stattdessen schienen meine Sinne die Führung zu übernehmen. Und Gott, sie schwebten auf Wolke sieben. Ich versuchte mich darauf zu konzentrieren, wohin sie mich brachten, aber ich konnte nicht aufhören, mich auf das Gefühl ihrer Schenkel, die gegen meine drückten, zu fixieren. Unter diesen abgenutzten Jeans bestanden sie nur aus Wärme und Stärke und es benötigte all meine Willenskraft, dass ich mich nicht bewegte, damit ich mich noch stärker gegen sie presste. Dass ich nicht vielleicht eine Hand ausstreckte und einen dieser muskulösen Schenkel berührte.

Was würde Declan tun, wenn ich eine Hand sein Bein hochgleiten lassen würde? Oder Cole? Er mochte zwar fahren, aber irgendetwas sagte mir, er wäre mehr als glücklich am Straßenrand anzuhalten und mich genau hier und jetzt zu nehmen, wenn er auch nur den geringsten Anlass dafür bekäme.

Ein Schauder lief durch meinen Körper.

„Ist dir kalt?", fragte Declan, während er seine Hand ausstreckte und die Klimaanlage runterdrehte.

„Mir geht's gut." Gott, reiß dich zusammen. Man könnte meinen, dies wäre mein erstes Date.

Obwohl, um fair zu sein, es war mein erstes Date seit einer ganzen Weile...und mein absolut erstes Date mit zwei Männern gleichzeitig.

„Also wohin fahren wir?" Das war das Beste, das meinem Hirn einfiel. Heilige Scheiße, diese Männer rochen so gut. Natürlich gut, nicht wie einer dieser metrosexuellen Typen, die nett rochen, weil sie Gesichtswasser trugen. Oder noch schlimmer, diesen Körperspray Mist. Nein, diese Kerle rochen nach Seife und Erde und Männlichkeit.

„Dem Barking Dog, einer örtlichen Bar", antwortete Declan.

Richtig. Sie hatten mir das bereits zuvor erzählt. Ich war eine Ärztin und diese zwei Männer verwandelten mich in einen gehirnlosen Trottel. Ich verknotete meine Hände auf meinem Schoß, um mich davon abzuhalten, herum zu zappeln. Vielleicht bemerkte es Cole, denn er streckte seine Hand aus und drückte meine sanft, bevor er sie losließ. Seine Berührung war fest, dennoch sanft. Warm, aber ich fühlte raue Schwielen. Es ließ mich wieder erschaudern.

Ich begann ein bisschen besser darin zu werden, bei ihren Berührungen nicht zu überreagieren. Es hatte mich die ersten paar Male überrascht, als sie nach mir gegriffen hatten, als hätten sie jedes Recht, in meinem persönlichen Distanzbereich zu sein. Aber ich schätzte, dass ich mich daran gewöhnte oder vielleicht fing ich auch an, ihnen ein wenig zu vertrauen. Genug, dass ich nicht dachte, sie würden irgendwelche kranken Absichten hegen, zumindest nicht auf der Fahrt durch die Stadt.

Abgesehen davon, dass ich Jessies Zustimmung und die der restlichen Gruppe im Diner hatte, waren sie nichts Anderes als Gentlemen gewesen, von dem Moment an, in dem ich sie traf. Aufmerksam. Neugierig. Angetrieben.

Und heute Nacht waren sie so galant gewesen, dass es fast schon altmodisch war. Um Punkt sieben waren sie, wie versprochen, vor meiner Haustür gestanden. Ich trug das einzige hübsche Outfit, das ich mitgebracht hatte – ein einfaches schwarzes Kleid mit kurzen Ärmeln und einem kurzen Rock. Es war nicht super sexy, aber es passte mir besser als diese verdammte Uniform. Mit dem Kleid, ein wenig Schminke und meinen Haaren, die offen auf meine Schultern fielen, anstatt in dem notwendigen Pferdeschwanz zurückgebunden zu sein, fühlte ich mich tatsächlich zum ersten Mal seit einer Weile hübsch. Und der Größenunterschied zwischen uns, sowie ihre sanfte und aufmerksame Art sorgten dafür, dass ich mich weiblich fühlte.

Sie hatten, zurück in der Wohnung oder nachdem sie mir in den Truck geholfen hatten, nichts probiert. Also war es vielleicht wahr. Sie wollten einfach nur mit mir ausgehen. Beide von ihnen. Wenn mir jemand vor ein paar Wochen erzählt hätte, dass ich auf ein Date mit zwei heißen Sexprotzen in Montana gehen würde, hätte ich mich kaputtgelacht. Es war schwer zu glauben, dass diese zwei Männer es wirklich so meinten, als sie behaupteten, dass sie wollten, dass ich die Eine sei – ich meine, wer sagte so etwas? Aber sie schienen aufrichtig zu sein.

Aufrichtig, genau. Aber sie hatten auch einige Dinge erzählt, die meine Unterhose hatten feucht werden lassen. Sie hatten gesagt, dass sie keine Freunde sein wollten. Sie wollten mich zwischen ihnen haben und ich wusste, das bezog sich nicht nur auf den Truck. Auch wenn sie Gentlemen waren, hegte ich nicht den geringsten Zweifel, dass sie, wenn ich ihnen grünes Licht geben würde, alles andere als das wären.

Sie hatten erklärt, sie wollten, dass ich ihre Frau werde. Wer sagte so etwas nach nur ein paar Gesprächen?

Es sollte mich in Panik versetzen. Das tat es auch. Gott, das tat es, denn ich hatte das Gefühl, dass es die beiden tatsächlich ernst meinten. Aber das war nicht von Bedeutung. Ich musste mich nicht einmal über die Möglichkeit sorgen, weil ich nicht lange genug hier sein würde, um mich zu sehr auf sie einzulassen. Wenn Brad erst ins Ausland geschickt worden war, dann konnte ich zu meinem Leben zurückkehren. Konnte nach Hause nach LA gehen und wieder eine Ärztin sein.

Aber ich konnte zumindest diese eine Nacht genießen. Ich verdiente eine nette Nacht des Ausgehens mit zwei Gentlemen, die anscheinend vorhatten, mir eine gute Zeit zu bereiten. Und wenn ich mehr wollte? Dann konnte ich eine wilde Nacht zwischen zwei heißen Cowboys haben. Ich wäre dumm, es nicht zu tun. Sie waren hinreißend und ich hatte die sehr starke Vermutung, dass sie wussten, was sie im Bett taten. Und für eine Nacht? Ich rutschte auf meinem Sitz hin und her, mein Höschen war definitiv ruiniert.

Zu wissen, dass ich die Zügel in der Hand hielt, nicht die zwei großen, dominanten Cowboys, beruhigte einige der Nerven, die mich aufrecht sitzen ließen, meine Wirbelsäule gerade wie eine Stange. Ich gestand mir selbst zu, mich zurück gegen die Lehne des Trucks fallen zu lassen und wurde mit einem Lächeln von Declan belohnt, das meinen Mund trocken werden ließ.

Als wir bei der Bar angelangten, in der eine Atmosphäre

wie in einem Wild West Saloon herrschte, wurde es offenkundig, dass diese Männer jeden kannten. Während wir an einer Wand, die mit Tischnischen gesäumt war, vorbeiliefen, schien es, als würden uns von jedem Tisch Leute Grüße zu rufen.

Ich erkannte Cara und ihre Männer, als sie uns zuwinkten, aber meine Kerle drängten mich zu einer leeren Tischnische und hielten nicht an, um mich all ihren Freunden vorzustellen. Es wirkte nicht unhöflich, sondern mehr, als wollten sie mich ganz für sich allein haben. Cole glitt zuerst auf einen Platz und ich setzte mich neben ihn. Zu meiner Überraschung setzte sich Declan auf meine andere Seite, so dass wir alle drei auf derselben Bank saßen – schön gemütlich.

Na gut, vielleicht war gemütlich nicht das richtige Wort dafür. Ihre Schenkel streiften wieder an meinen, ihre Arme auch. Ich konnte die harten Muskeln an jeder meiner Seiten fühlen. Es war unmöglich, nicht darüber nachzudenken, wie diese Muskeln wohl aussähen, wie sie sich unter meinen Handflächen anfühlen würden. Ich war zwischen ihnen gefangen, aber ich hatte keine Angst – es gefiel mir. Zum ersten Mal in einer sehr, sehr langen Zeit fühlte ich mich komplett beschützt vor dem Rest der Welt.

Declan rief eine Kellnerin herbei und sie wandten sich mir zu, damit ich als erste bestellte. Ladies first. Gott, befolgten sie diese Regel immer noch hier in Montana? Vielleicht hatte ich den letzten Ort gefunden, wo Ritterlichkeit noch nicht tot war.

Als die Kellnerin ging, drehten sie ihre Körper so, dass sie mich beide anschauten. „Also Hannah, warum erzählst du uns nicht ein wenig von dir", schlug Declan vor. „Woher kommst du?"

Bäh! Das war der Teil, den ich gefürchtet hatte. Ich war

zwar ziemlich gut darin geworden, direkten Fragen auszuweichen, aber es war schwer zu entspannen, wenn ich es jeden Moment versauen und zu viel preisgeben könnte. Hatten sie mich das nicht schon gefragt? Anscheinend würden sie nicht ruhen, bis ich ihnen ein paar Antworten gegeben hatte.

„Ich wuchs an der Ostküste auf. Also, kommt ihr Jungs oft hierher? Ihr scheint jeden zu kennen."

„Bist du von der Ostküste hierhergezogen?", wollte Cole wissen.

Ich begegnete seinem Blick und schaute schnell weg. Er war zu durchdringend. Als ob er erkennen könnte, dass ich mit Absicht so vage war. Ich schaute zu Declan, aber auch sein Gesichtsausdruck nahm mir nicht die Nervosität. Oh, er lächelte. Er schien immer zu lächeln, aber ich würde Geld daraufsetzen, dass unter diesem unschuldigen Cowboy Äußeren das Gehirn des Polizisten auf Hochtouren arbeitete, um das Rätsel um die neue Kellnerin zu lösen.

Scheiße. Wenn ich ein wenig mehr verriet, würden sie vielleicht ein bisschen nachgeben. Ich räusperte mich – nachdem ich so lange geschwiegen hatte, war es überraschend schwer, über mich selbst zu reden. „Nein", antwortete ich, „ich bin fürs College nach Kalifornien gezogen und dort nie wieder weggegangen."

Da. Das war die Wahrheit.

„Auf welches College bist du gegangen?", fragte Declan. Er griff sich eine Erdnuss aus der Schüssel in der Mitte des Tisches und begann sie zu schälen.

„Stanford."

Alle Augen lagen auf mir und ich wusste, was ihre nächste Frage sein würde, bevor sie sie überhaupt stellten. „Was hast du seit deinem Abschluss in Kalifornien gemacht?", sagte Declan.

Ich schenkte ihnen mein bestes, unschuldiges Lächeln. „Den Sonnenschein genossen." Es war ein Witz, den ich oft im Diner machte, anstatt eine richtige Antwort zu geben. Dieses Mal? Funktionierte es definitiv nicht.

Cole nahm einen Schluck von seinem Bier, das die Kellnerin vor ihn gestellt hatte. „Hast du gekellnert?"

Nicht unbedingt. Für eine Sekunde hatte ich das Verlangen, mich diesen Männern anzuvertrauen, ihnen zu erzählen, dass ich gerade erst angenommen wurde, um einer Praxis in LA beizutreten. Nach all den Jahren der Arbeit während meiner Fachausbildung und als Assistenzärztin hatte ich endlich mein Ziel erreicht. Wie nett es doch wäre, es diesen Männern zu erzählen. Aber ich konnte nicht. Ich musste mich weiterhin verstecken, den Kopf gesenkt halten, bis Brad weg war. Jede Möglichkeit, dass er mich finden könnte, wäre gefährlich für mich und jeden anderen. Wenn Brad wüsste, dass ich mit einem anderen Kerl auf einem Date wäre? Er würde ausrasten. Aber zwei Männer? Ich wollte nicht einmal darüber nachdenken.

Stattdessen entgegnete ich: „Ich befand mich zwischen Jobs. Das ist einer der Gründe, warum ich gegangen bin. Es schien eine genauso gute Zeit wie jede andere zu sein, um das Land zu sehen."

Ich fing den Blick, den sie sich gegenseitig zuwarfen, auf. Bevor irgendeiner von ihnen mit mehr Fragen anfangen konnte, wollte ich sie an meiner Stelle zum Reden bringen. „Was ist mit euch? Was macht ihr?"

Cole erzählte mir von der Farm seiner Familie, die jetzt ihm gehörte und die er führte. Als ein absolutes Stadtmädchen war die Viehwirtschaft etwas, über das ich nichts wusste, aber er beantwortete geduldig meine vielen Fragen. Ich hatte nicht gewusst, dass Kühe so kompliziert waren. Declan erzählte mir, dass er ein Polizist war, was ich bereits wusste, und dass es das war, was er schon immer hatte tun wollen, seit er ein Kind gewesen war. Heute Nacht hatte er keinen Dienst. Weder der Polizeifunk, noch eine Pistole hingen an seiner Hüfte.

„Er hat recht", fügte Cole hinzu. „Dieser Kerl ist früher über den Spielplatz gerannt und hat so getan, als würde er die schlimmen Jungs in der Pause verhaften."

Ich lachte bei dieser Vorstellung. „Also kennt ihr zwei euch schon eine lange Zeit, hm?"

„Wir sind seit dem Kindergarten Freunde", antwortete Declan. „Vielleicht sogar schon davor."

Cole nickte. „Als ich siebzehn war, ist mein Vater gestorben und ich bin zu Declan und seiner Familie gezogen, bis ich achtzehn wurde und die Farm übernahm." Die zwei Männer tauschten einen weiteren Blick aus und ich bekam den eindeutigen Eindruck, dass sie irgendwie ohne Worte kommunizierten.

„Das war das Jahr, in dem wir beschlossen, dass wir zusammen eine Frau nehmen würden."

5

Hannah

Oh. Was zur Hölle sollte ich dazu sagen?

„Ich bin in einer Bridgewater Familie aufgewachsen", fuhr Declan fort, „zwei Väter, eine fantastische Mutter. Sie sind uns ein tolles Vorbild gewesen. Ich bin mir sicher, wenn sie von heute Nacht hören, werden sie im Diner vorbeikommen, um sich einen Eindruck von dir zu verschaffen."

Cole schenkte mir ein kleines selbstironisches Lächeln. „Ich hatte einen Vater...und er war unglücklich. Zumindest in seiner Ehe mit meiner Stiefmutter. Als ich ging, um mit Declans Familie zu leben..." Er verstummte mit einem Achselzucken, aber er hatte seinen Standpunkt auch so klargemacht. Er hatte die Art Familie gesehen, die er selbst haben wollte.

Obwohl das gesamte Dreier Ding immer noch ein fremdes Konzept war, klang das Ganze fast süß, so wie sie darüber redeten – als sei es normal und gesund. Sogar romantisch.

„Apropos Familie", sagte Declan.

Ich schaute hoch, um zu sehen, wie Cara mit einem freundlichen Grinsen in unsere Richtung lief. „Hi Jungs. Hannah, schön dich wieder zu sehen."

„Dich auch", antwortete ich. Und ich meinte es. Ich mochte sie zwar noch nicht lange kennen, aber da war etwas Tröstliches an Declans Schwester. Sie hatte eine offene, authentische Persönlichkeit, die jedem die Nervosität nehmen würde – sogar mir. Ihre roten Haare und blauen Augen stimmten mit denen ihres Bruders überein, aber sie war nicht so riesig wie er. Wenn sie zwischen ihren zwei Männern stand, sah sie winzig aus, genauso wie ich wahrscheinlich aussah, wenn ich von Declan und Cole umgeben war.

„Was machen du und deine Männer heute Nacht?", fragte Cole.

Es hörte sich seltsam an, darüber zu reden, dass Cara zwei Männer hatte, als sei es normal. Hier war es das. Hier war ich die Seltsame, die den Lebensstil nicht verstand.

„Wir treffen uns mit Katie und den Kanes." Sie zeigte zur Bar, wo eine hübsche Blondine zwischen zwei attraktiven Männern saß.

Ich kannte die Antwort, bevor ich überhaupt fragte, aber ich wandte mich trotzdem zur Bestätigung an Declan. „Lass mich raten, eine andere Bridgewater Beziehung?"

Er nickte. „Katie war mit Cara befreundet, als sie Kinder waren. Du hast Sams Mutter gestern im Diner getroffen. Violet. Katie kam früher jeden Sommer hierher, um ihren Onkel zu besuchen. Als er letztes Jahr gestorben ist, hat er ihr sein Grundstück hinterlassen."

Cara mischte sich ein: „Sie kam zurück, um das Haus zu verkaufen, aber dann hat sie Sam und Jack getroffen."

Katie kam in unsere Richtung und Cara wandte sich an Declan und Cole, wobei sie ihre Arme vor der Brust verschränkte. „Ihr Jungs müsst ein paar Drinks an der Bar holen."

„Wir haben schon unsere Drinks", protestierte Cole.

Sein Kommentar wurde mit einem beeindruckend finsteren Blick beantwortet. „Dann hole eben noch ein paar mehr. Wir brauchen eine kurze Mädelszeit."

Declan und Cole taten wie geheißen, aber nicht ohne eine gewisse, gutmütige Nörgelei. Während sie wegliefen, gesellte sich Katie zu uns und Cara stellte uns einander vor. Die zwei Frauen glitten auf die Bank mir gegenüber. „Tut mir leid, dass ich deine Dates einfach so weggeschickt habe, aber ich hatte das Gefühl, dass du eine Minute brauchen könntest, um das ganze Dreier Date Ding zu verarbeiten. Es ist etwas gewöhnungsbedürftig."

Katie nickte. Ihre dunklen Haare waren in einem lockeren Pferdeschwanz zurückgebunden und der große Diamantring an ihrem Ringfinger war nicht zu übersehen. „Es ist zuerst komisch, ich weiß. Ich war letzten Sommer in der exakt gleichen Lage wie du. Also auch in dieser Bar und kam mit Sam und Jack zur Sache."

„Ich erinnere mich an diese Nacht", fügte Cara hinzu, dann runzelte sie die Stirn. „Was meinst du mit „zur Sache kommen in der Bar"?"

Katie lief dunkelrot an, dann grinste sie. „Lasst uns einfach sagen, dass es einen stillen Korridor hinter den Toiletten gibt, falls du ein, ähm, bestimmtes Verlangen befriedigen musst."

Mein Mund klappte auf und Cara begann zu lachen. „Das hast du nicht."

Katie grinste und sah so verdammt glücklich aus. Ich warf einen Blick auf ihre Männer und konnte mir vorstellen, warum sie in der Lage waren, sie die ganze Zeit zum Lächeln zu bringen. „Wir haben es *so was von* getan."

„Du hattest sie an diesem Tag gerade erst getroffen, zumindest als Erwachsene!"

„Ich weiß. Das ist der Grund, warum ich es Hannah erzähle." Katie schaute mich an. „Bridgewater Männer sind anders, falls du es nicht bemerkt hast. Wenn sie sagen, dass sie dich wollen, dann meinen sie das auch. Und das bedeutet, es ist nichts Falsches daran, wenn du sie genauso willst. Und diese zwei? Cole und Declan." Sie biss sich auf die Lippe und musterte sie, als wären sie ein dekadentes Dessert.

„Einer von ihnen ist mein Bruder", stöhnte Cara. „Ich möchte nichts über sein Sexleben wissen." Sie erschauderte. „Willst du sie? Ich meine, *willst* du sie?"

Ich warf einen Blick zu Cole und Declan, die gerade an der Bar standen und sich mit Katies und Caras Männern unterhielten. Einer von ihnen streckte seine Hände aus, als würde er einen Fisch messen. Alle sechs waren hinreißend. Wenn sich herumsprechen würde, dass Montana Männer so heiß waren, würde der Staat viel dichter besiedelt sein.

„Ist hier irgendetwas im Wasser? Ich meine, sie sind alle – "

„Heiß?", fragte Katie und kicherte dann.

„Ja, heiß." Ich nahm einen Schluck von meinem Bier. „Ich bin von ihnen fasziniert. Declan und Cole", erläuterte ich.

Oh, wen veräppelte ich? Ich war viel mehr als fasziniert. Ich war verzaubert. Besessen. Ich hatte über diese beiden Männer fantasiert, seit sie das erste Mal ins Diner gekommen waren, aber es war mir nie in den Sinn gekommen, dass ich in der Lage sein könnte, beide zu haben. Und heiliges Kanonenrohr, ich konnte fühlen, wie ich feucht wurde, nur bei dem Gedanken mit zwei Männern gleichzeitig Sex zu haben. Ich hatte eine vage Vorstellung, wie es ablief, hatte einige erotische Liebesromane darüber gelesen, aber ich konnte mir nur ausmalen, wie es im wirklichen Leben sein würde.

Wenn ich mir vorstellte, wie es sein würde, mit zwei Männern zu schlafen, dann war es offiziell viel zu lange her.

„Fasziniert?", fragte Cara.

Die Tatsache, dass Declan ihr Bruder und Cole so gut wie ihr Bruder war, ließ mich zögern. Nicht dass ich über die Jungs lästern würde, aber es war schwer vollkommen ehrlich zu sein.

Sie schien mein Zögern zu verstehen. „Schau, ich weiß, ich bin befangen, aber ich meine es, wenn ich sage, dass, wenn Declan und Cole Interesse an dir zeigen, – was sie offenkundig tun –es ihnen ernst damit ist. Sie haben sich noch nie zuvor so verhalten."

Katie nickte zu dem Kommentar ihrer Freundin. „Das stimmt. Diese Bridgewater Männer sind nicht wie die meisten Männer. Ich kam aus New York, wo es jede Menge Mistkerle gibt, einschließlich meines Ex-Mannes. Sie sind nicht auf der Suche nach einem One-Night-Stand. Das ganze 'die Eine' Ding, über das sie ständig reden? Das ist die reine Wahrheit."

„Gut zu wissen." Es war nicht so, dass ich ihnen nicht glaubte, wenn sie darüber redeten die Eine zu finden oder sogar darüber, dass sie hofften, ich sei diese Frau. Ich glaubte daran, dass sie es meinten – und allein das war schmeichelhaft. Aber ich konnte nicht glauben, dass es mehr als diese eine Nacht geben würde. Ich kam aus einer anderen Welt und ich würde zu dieser Welt zurückkehren, sobald ich dazu in der Lage war.

„Es gibt ein paar Eigenschaften, die für die Männer gelten, die die Bridgewater Weise angenommen haben", erzählte Cara. „Sie sind treu, aufrichtig, ritterlich...und besitzergreifend."

„Oh ja." Katie nickte nachdrücklich. „Das ist definitiv wahr. Und der Art nach zu urteilen, wie die deine Männer dich jetzt gerade anstarren, ist es offensichtlich, dass sie dich wollen."

Ich blickte ein weiteres Mal zur Bar und sah, dass Cole und Declan mich tatsächlich anstarrten. Ihre Gesichtsausdrücke und Haltung wirkten, als würden sie jeden Moment über die Tische zwischen uns springen und mich in ihre Arme reißen. *Du bist die Unsere.* Das hatte Cole gesagt und auch wenn er vielleicht nicht gewollte hatte, dass es sich furchteinflößend anhört, so klang es doch viel zu sehr nach den Worten, die Brad in der Nacht, bevor ich weggerannt war, ausgesprochen hatte. Er war nicht nur besitzergreifend, sondern besessen gewesen. Würden Declan und Cole so sein? Ich nahm diese Stimmung bei ihnen nicht wahr, aber ich hatte auch bei Brad falsch gelegen und seht, wohin mich das gebracht hat. Ich versteckte mich in einer Stadt in Montana.

Ich schaute auf meinen Drink, während ich versuchte, eine nette Formulierung für meine nächste Frage zu finden. „Wenn ihr sagt, sie sind besitzergreifend...?" Ich konnte keinen Weg finden, wie ich enden sollte, aber beide Frauen schienen zu wissen, worauf ich mit dieser Aussage abzielte.

„Besitzergreifend im Sinne von beschützend", stellte Cara richtig, während sie langsam ihr Pintglas auf dem glänzenden Holztisch im Kreis drehte.

„Bridgewater Männer stellen ihre Frauen immer an erste

Stelle", erklärte Katie. „Sie halten viel davon, sicherzugehen, dass sich immer um die Frau gekümmert wird – ihre Probleme sind deren Probleme. Es ist ihre Pflicht, sicherzustellen, dass sie glücklich ist."

„Und befriedigt", fügte Cara mit einem Wackeln ihrer Augenbrauen hinzu, dass uns alle kichern ließ. Sie hatten dafür gesorgt, dass ich mich besser fühlte und hatten mir versichert, dass Declan und Cole nicht wie Brad waren. Was sie gesagt hatten, hatte nur bestätigt, was mein Bauch mir bereits von dem Moment an, in dem ich sie getroffen hatte, erzählt hatte. Sie waren gute Männer – freundliche Männer. Sie waren auch sexy Männer und sie beobachteten mich.

„Also wie lautet dein Urteil?", fragte Katie, wobei sie auf ihre Lippe biss, um offensichtlich ein Grinsen zu unterdrücken. „Bist du interessiert?"

Ich öffnete meinen Mund, um zu antworten, und stoppte. War ich? Das Pulsieren zwischen meinen Schenkeln war meine Antwort. Aber das war nicht, was sie meinte. Ich hatte keinen Zweifel, dass Cara einverstanden damit wäre, dass ich mich für eine wilde Nacht auf ihren Bruder und seinen Freund stürzte, aber sie wollte wahrscheinlich nichts darüber hören. Sie war mehr daran interessiert, ob ich ihre Schwägerin werden wollte. „Ich, äh...ich weiß es nicht. Das ist, ähm, naja, das erste Date, also ist eine Ehe nicht wirklich das, worüber ich gerade nachdenke. Außerdem hatte ich nicht vor lange hier zu bleiben."

„Du musst heute Nacht noch nicht wissen, ob es dir mit ihnen ernst ist", entgegnete Cara. „Zu diesem Zeitpunkt muss du einfach nur wissen, ob du dich von ihnen angezogen fühlst. Wenn das der Fall ist, dann liegt der Rest bei ihnen."

„Ihnen?"

Katie nickte entschieden. „Glaub mir, letzten Sommer saß ich im selben Boot wie du. Ich hatte nicht geplant, hier zu bleiben, aber meine Männer zeigten mir, wie gut es sein könnte, wenn ich es täte."

„Ich schätze, sie haben in dem hinteren Korridor überzeugende Argumente geliefert?", fragte ich.

Sie schenkte mir ein selbstzufriedenes Grinsen. „Oh ja. Und ich kann glücklich verkünden, dass in Bridgewater zu bleiben die beste Entscheidung war, die ich je getroffen habe. Aber was ist mit dir? Vergiss längerfristig, bist du an diesen Männern interessiert?"

Cara und Katie beobachteten mich genau. Ich konnte mich unter keinen Umständen dazu bringen, zu lügen. „Ja", antwortete ich, „ich bin interessiert." Ich blickte wieder zu den Männern und der Anblick war genug, um mich sabbern zu lassen. „Wer wäre das nicht?"

„Das ist mein Mädel." Cara grinste mich an, als wären wir Freundinnen seit unserer Kindheit, genau wie sie und Katie.

„Aber ich kann keine Versprechen machen", begann ich.

Bevor ich auch noch irgendetwas sagen konnte, unterbrach mich Katie mit einem Wedeln ihrer Hand. „Niemand erwartet das von dir, am allerwenigsten sie. Sie wissen, es liegt an ihnen, dir zu zeigen, wie es sein könnte." Sie zwinkerte mir zu. „Vertrau mir, du wirst die Zeit deines Lebens haben, während sie dich überzeugen."

Nun *das* konnte ich glauben. Ich erhaschte einen weiteren Blick auf die Männer und sah, dass Cole und Declan in unsere Richtung liefen. Die Zeit für Frauengespräche war vorüber. Aber ich fühlte mich jetzt besser – mein Kopf fühlte sich viel klarer an und sie hatten mir geholfen, einige meiner Nerven zu beruhigen.

„Was haben wir verpasst?", fragte Declan und glitt neben mich auf die Bank.

Cole warf Cara einen übertrieben finsteren Blick zu. „Was auch immer die da über uns erzählt hat, ist nicht wahr."

Cara klimperte mit ihren Wimpern. „Ich habe nichts anderes als wundervolle Dinge gesagt. Nicht wahr, Hannah?"

Ich nickte pflichtbewusst. „Sie waren extrem positiv. Und ziemlich hilfreich."

Auf ihre fragenden Blicke antwortete Cara: „Ich habe ihr erzählt, dass es an euch Jungs liegt, ihr zu zeigen, wie gut es sein könnte. Nicht, dass ich irgendetwas darüber wissen möchte." Sie runzelte die Stirn, dann warf sie ihnen ein schelmisches Lächeln zu. „Enttäuscht sie nicht, Jungs. Sie ist eine fürs Leben und ich denke, sie würde gut in die Familie passen."

Cara und Katie rutschten aus der Nische und liefen davon, um ihre Männer zu finden, wobei sie mich als errötende, stotternde Idiotin zurückließen.

Gott, wie peinlich. Sie mussten genau wissen, über was wir geredet hatten. Ich senkte meinen Kopf, um ihren Blicken auszuweichen, aber Cole legte einen Finger unter mein Kinn und hob meinen Kopf leicht an.

„Sie hatte recht, weißt du. Es liegt an uns." Heilige Scheiße, er war sexy. Meine Augen waren auf seine Lippen und den Dreitagebart an seinem Kiefer fixiert. Wie würde es sich anfühlen, ihn zu küssen? „Wir können hierbleiben, ein wenig Billard spielen, ein weiteres Bier trinken. Oder wir könnten von hier verschwinden."

Declan legte eine Hand auf meinen Oberschenkel und meine Aufmerksamkeit wurde auf diese ernsten, blauen Augen und diese breiten Schultern gelenkt. „Wir wollen dich, Hannah. Was meinst du, wirst du uns erlauben, dir zu zeigen wie sehr?"

Oh heiliges Kanonenrohr, ich konnte keinesfalls Nein sagen, auch wenn ich wollte. Und ich wollte es nicht. Ich hatte für Wochen – für Monate – einen Alptraum gelebt. Ich hatte meinen Traumberuf aufgegeben und war vor einem Mann, der mich in Angst und Schrecken versetzte, geflohen. Ich musste dringend Dampf ablassen und Gott wusste, dass ich so bereit für einen, von Männern verursachten, Orgasmus war, dass ich kaum stillsitzen konnte.

Und jetzt, wollten mich zwei unglaublich heiße Männer vögeln.

Ich erlaubte mir selbst, das zu tun, was ich im Truck schon unbedingt hatte tun wollen. Ich legte eine Hand auf Coles Schenkel und die andere auf Declans. Dann schaute ich vom einen zum anderen. „Zeigt es mir."

6

Hannah

Die Männer verschwendeten keine Zeit, bezahlten sofort die Rechnung und scheuchten mich aus der Tür. Wir gingen so abrupt, dass ich ein wenig Angst davor hatte, was die Leute denken könnten. Cara und Katie und ihre Männer würden sicherlich wissen, warum wir so plötzlich, nach unserem kleinen Gespräch, verschwanden. Aber sobald mir der Gedanke in den Sinn kam, verwarf ich ihn auch schon wieder. Wenn es eine Sache gab, die ich über Bridgewater gelernt hatte, dann, dass mich keiner hier dafür verurteilen würde, einen Dreier mit Cole und Declan zu haben. Zum Teufel, sie hatten mir die beiden im Diner sogar aufgedrängt. Katie hatte sogar erzählt, dass sie mit ihren Männern im hinteren Korridor zur Sache gekommen war. Wenn sie sich nicht darum scherten, warum sollte ich?

Ein seltsames Gefühl der Freiheit und des Unglaubens ließ mich ein Lachen unterdrücken, als Declan auf dem

Parkplatz genau in dem Moment nach meiner Hand griff, in dem Cole einen Arm um meine Schulter schlang. Was machte ich nur? Dies war überhaupt nicht ich. Ich hatte mich so lange an die Idee von Brad geklammert, weil er alles war, das ich wollen sollte. Gutaussehend, er hatte alle seine Haare und einen guten Job. Einen hohen Rang beim Militär. Eine Rente. Auf dem Papier wirkte er perfekt, aber im wirklichen Leben...

Dann waren da Declan und Cole. Auch wenn sie ebenfalls gutaussehend waren, – sie ließen Brad langweilig und eintönig wirken – Berufe und alle ihre Haare hatten, so kamen sie doch im Doppelpack. Sie waren beide an mir interessiert, beide wollten mich nackt haben. Zusammen. In jeder anderen Stadt in Amerika würden sie sich um mich streiten. Hier in Bridgewater arbeiteten sie als Team, um mich zu der Ihren zu machen.

Verrückt.

Sie führten mich zu Coles Truck und halfen mir hinein.

Als ich fest zwischen sie gequetscht war, wuchs die Erwartung. Ich wusste nicht, ob ich mehr nervös oder aufgeregt war, aber egal, was der Fall war, es fiel mir schwer ruhig sitzen zu bleiben. Wie würden sie es anstellen? Ich kannte die möglichen Szenarien für einen Dreier. Ich hatte Bücher gelesen, schlechte Pornos gesehen. Wenn sie mich zusammennehmen würden, hatte ich drei Löcher für zwei Schwänze, also...ich presste meine Pobacken zusammen bei dem Gedanken an ein doppeltes Eindringen. Ich war dafür nicht bereit. Mein Hintern? Nichts war jemals dort eingedrungen. Würde es weh tun? Natürlich würde es das. Aber Cara und Katie schienen damit vollkommen zufrieden zu sein und sie hatten keine Herausforderungen in diesem Bereich erwähnt, als sie mir ihre aufmunternde Rede gehalten hatten. Es war unmöglich, dass ihre Männer nicht an Hintern-Zeug interessiert waren. Ich hatte etwas verpasst, besonders in diesem Bereich und ich war mir sicher, die Männer würden mir helfen, es herauszufinden.

Es schien, dass ich nicht die Einzige war, die es kaum abwarten konnte. Die Stille im Wagen machte mich nur noch nervöser und ich biss mir auf die Lippe, um mich davon abzuhalten, wie eine Idiotin zu plappern, wozu ich eine Tendenz hatte, wenn ich nervös war. Ich wollte sie über die Logistik der ganzen Sache fragen, aber wie fragte man einen Mann, wie er in deinen jungfräulichen Hintern passen wird? Ja, das würde nicht geschehen.

Ich meine, ich hatte noch keinen von beiden nackt gesehen, aber auf gar keinen Fall würde einer der Männer einen Kleinen haben. Nein, wenn ihre Penisse ihrem Körperbau entsprachen, dann...

Ich presste meine Hände fest zusammen und starrte geradeaus. Ich würde das tun. Heilige Scheiße, ich würde das wirklich tun. Sogar das Hintern-Zeug. Irgendwie.

Declan streckte seine Hand zu mir und entknotete meine Hände. Er nahm sanft eine in seine, brachte sie zu seinem Schoß und streichelte sie. Er massierte mit seinem Daumen meine Handfläche in einer Bewegung, die es schaffte, einige meiner Nerven zu beruhigen, während sie gleichzeitig meine Sinne verstärkte. Gott, nur diese einfache Berührung war schon genug, dass ich flach atmete und sich mein Bauch voller Vorfreude zusammenzog.

Als er fertig war, legte er meine Hand auf seinen Schenkel, womit er mich schweigend dazu ermutigte, meine Erkundung, die ich bereits in der Kneipe begonnen hatte, fortzusetzen. Das musste er mir nicht zweimal sagen. Meine Hand schien einen eigenen Willen zu haben. Ich streichelte seinen Oberschenkel und beobachtete aus dem Augenwinkel, wie sich seine Erektion verhärtete und gegen seine verblasste Jeans drückte. Mein Mund wurde trocken. Heilige Scheiße, ich hatte recht. Er war groß. Und lang.

Oh Gott, mein Höschen war völlig ruiniert.

Er nahm meine Hand und ließ sie weiter nach oben gleiten. Ich zog sie nicht weg, da meine Neugier mit mir durchging. Ich wollte ihn fühlen, wollte fühlen, wie groß er war. Mit seiner Hand über meiner strich ich über seinen Schwanz und er stieß seinen Atem zischend aus. Ein kurzes Triumphgefühl überkam mich. Es war lange Zeit her, seit ich mich so mächtig bei einem Mann gefühlt hatte. Aber ich hatte zwei Männer bei mir.

Nun war Cole an der Reihe. Meine Hand auf Declans Männlichkeit belassend, streckte ich die andere nach Cole aus und berührte vorsichtig seinen Oberschenkel. „Soll ich dich auch berühren?", wollte ich wissen.

„Langsam, Schatz", entgegnete er. Seine Stimme war ein tiefes Knurren. „Ich muss uns in einem Stück zu Decs Haus bringen und was du machst, ist genug, um mich hier und jetzt kommen zu lassen."

„Wirklich?", fragte ich überrascht. Ich biss auf meine Lippe, um ein Lachen zu unterdrücken. Gott, es fühlte sich so gut an, gewollt zu werden.

„Du kannst uns so viel berühren, wie du willst, wenn wir dort ankommen", versprach Cole mit einer Stimme, die rau vor Verlangen war. „Wir stehen dir zur Verfügung."

Für eine Sekunde hörte ich auf zu atmen, als all die Möglichkeiten durch meinen Kopf schossen. Oh Scheiße, ich hatte nicht einmal bemerkt, wie versaut meine Fantasien sein konnten, bis ich ihnen freien Lauf ließ.

„Aber das gilt für beide Seiten", fügte er hinzu.

Declan beugte sich zu mir, so dass seine Lippen fast mein Ohr berührten. „Du stehst uns zur Verfügung", sagte er. „Und wir werden dich überall berühren, bis du um Gnade bettelst."

Oh du meine Güte! Ich wimmerte darauf fast. Ja. Ja! Bringt mich zum Betteln.

„Wir werden bald da sein", versicherte mir Declan. Anscheinend war meine Verzweiflung so leicht zu lesen.

Cole griff nach meiner Hand, die unschuldig auf seinem Knie ruhte. „Warum zeigst du uns in der Zwischenzeit nicht, wie du gerne berührt wirst?"

Mein Mund klappte auf, als ich von einem Mann zum anderen schaute. Oh nein. Ich konnte nicht. Ich was das Gegenteil eines Exhibitionisten – wenn Brad und ich Sex hatten, war es immer im Dunkeln unter der Bettdecke gewesen und ich war in der ganzen Zeit, in der wir zusammen waren, nie so erregt gewesen wie jetzt. Alle Male kombiniert. Ich konnte unmöglich –

„Das war keine Bitte." Coles Stimme war hart, befehlend geworden. Vielleicht sollte ich Angst haben, da Brad Forderungen gestellt hatte, die mich so verängstigt hatten, dass ich mir fast in die Hosen gemacht hatte, aber jetzt empfand ich keine. Es lag keine Kälte in seiner Stimme, keine Grausamkeit.

Dennoch. Ich schluckte, hob meine Hände und faltete sie in meinem Schoß. „Es tut mir leid. Bitte denkt nicht, dass ich nur heiße Luft bin. Ich…ich habe Angst."

Der Truck wurde ein wenig langsamer, aber Cole hielt seine Augen auf die Straße gerichtet. „Hast du Angst vor *uns*?", fragte er.

Hatte ich das? War es Angst vor ihnen?

„Ich kenne euch nicht", begann ich. „Obwohl sich jeder für euch verbürgt hat und ihr nichts getan habt, um mich zu verschrecken, kann ich einfach nicht anders."

„Dennoch hattest du gerade meinen Penis in deiner

Hand. Du hast keine Angst", widersprach mir Declan. „Da ist etwas Anderes."

Er hatte nicht unrecht. Ich hatte mich nicht davor gefürchtet mit ihnen in den Truck zu steigen. Ich hatte keine Angst gehabt, als ich Declan berührt hatte oder sogar als ich versucht hatte, das Gleiche mit Cole zu machen. Es waren Coles Worte, die mich verschreckt hatten. Nein, es war sein Ton gewesen. „Ich mag es nicht, wenn man mir keine Wahl lässt."

„Du meinst, als ich dir gesagt habe, was du tun sollst; als ich dir befahl, uns zu zeigen, wie du dich selbst berührst", antwortete Cole.

Ich nickte.

„Was denkst du, würde passieren, wenn du Nein sagst?"

Dass sie wütend wären. Oder schlimmer. Ich konnte ihnen das nicht sagen. „Dass ihr...Gott, ich weiß es nicht."

Aber ich wusste es und weigerte mich, es zu sagen.

„Du hast es nicht getan, was bedeutet, dass du Nein gesagt hast. Zumindest ohne Worte."

Ich dachte eine Sekunde darüber nach. „Ich schätze, das stimmt."

„Das ist richtig, Schatz. Und was ist passiert?"

Ich schaute zu Cole hoch. Er schaute auf die Straße, aber sein Blick begegnete für eine Sekunde meinem. Ich sah keine Wut. Ich sah auch nicht, wie sich ein Wutausbruch anbahnte. Ich sah reine Aufrichtigkeit.

„Ihr habt mir zugehört. Meinen Bedenken."

Cole nahm meine Hand, hob sie zu seinem Mund und küsste sanft die Knöchel. „Ich übernehme gerne die Führung, falls du das noch nicht bemerkt hast. Besonders im Schlafzimmer. Aber ich werde dich niemals, unter keinen Umständen, dazu zwingen, etwas zu tun, das du nicht tun möchtest."

Er behielt meine Hand in seiner, aber ich wusste, ich könnte sie jederzeit wegziehen.

„Dasselbe gilt auch für mich", fügte Declan hinzu. „Egal, was du ansonsten denken – und fühlen – magst, wir werden nicht von unseren Schwänzen gesteuert."

„Wir werden von dir gesteuert", antwortete Cole. „Lass mich dich dies fragen. Bist du feucht für uns?"

Ich biss auf meine Lippe, dann nickte ich.

„Gutes Mädchen. Wenn ich jetzt sehr dominant mit dir werde, ist das nur, weil ich will, dass du alles vergisst bis auf das, was wir zusammen machen, was sich gut anfühlt."

„Wie BDSM."

Declan nahm meine andere Hand und küsste sie. Nun hielten beide Männer meine Hände, während ich zwischen ihnen saß.

„Wenn du auf Bondage stehst, werden wir dich gerne jederzeit an das Kopfbrett fesseln. Dominanz ist definitiv etwas, das wir mögen", fuhr Declan fort, während er alle Teile der Abkürzung BDSM aufzählte. „Ich bin allerdings nicht unbedingt dafür anderen Schmerzen zu zufügen und ich bezweifle stark, dass du eine Masochistin bist."

Stand ich auf Schmerz? „Äh, nein."

„Also lass uns etwas versuchen. Bedenke dabei, dass wir aufhören werden, wann immer du möchtest", schlug Cole vor. „Okay?"

„Okay", antwortete ich.

„Sei ein gutes Mädchen und zeig uns, wie du dich selbst berührst", sagte Declan und ließ meine Hand los. Er wiederholte Coles frühere Worte. Der Tonfall war ein bisschen anders, aber mir entging das „in Führung sein"-Auftreten nicht.

Als ich mich zu Declan wandte, war sein kleines Lächeln ermutigend, aber er wartete auf mich. Sie wollten sehen, was mich heiß machte. Das machte sie zu guten, selbstlosen Liebhabern. Richtig?

Brad hatte mir wirklich großen Schaden zugefügt. Er hatte mein Selbstvertrauen zerstört, hatte mich denken lassen, dass alle Männer genauso wie er waren. Ich bin vor ihm geflohen, um mein Leben zu leben, aber ich ließ immer noch zu, dass er mich kontrollierte. Cole und Declan waren nicht wie Brad. Überhaupt nicht. Es war unfair von mir, sie mit ihm zu vergleichen. Wenn sie herrisch und ganz Alpha Mann waren, gefiel es mir. Ich mochte es wirklich gern. Und weil ich wusste, dass sie es taten, weil es Spaß war – und heiß – wollte ich mich dem Ganzen hingeben. Mich dem hingeben, was ich wirklich wollte und das waren sie.

Mein Atem war abgehackt, als ich langsam den Saum meines Kleides hochschob. Ich war mir sicher, dass mein Gesicht tiefrot war, während ich mich langsam selbst präsentierte, aber die Kabine des Trucks lag zu hoch, als dass irgendjemand hätte wissen können, was ich tat. Als ob er meine Gedanken lesen könnte, erklärte Declan: „Niemand kann dich sehen, Hannah. Nur wir. Wir werden dich niemals mit irgendjemand anderem teilen."

Zu wissen, dass das, was wir taten, privat war, beruhigte meine Gedanken. Es war besonders. Meine Beine leicht spreizend, drückte ich meine Finger gegen meine äußerst feuchte Unterhose und hielt ein Stöhnen zurück.

Oh verdammt, ich stand wirklich kurz vor dem Orgasmus. Wie war das nur möglich?

Cole machte ein schnalzendes Geräusch. „Tut mir leid, Schatz, das wird nicht ausreichen."

Ich erstarrte, meine Hand hielt inne, als ich meinen Blick zu Cole hob, der zwinkerte.

Declan erklärte: „Wir wollen genau sehen, was du tust, wo du dich berührst, Liebling. Zieh dieses Höschen aus."

Sein Ton war freundlich, aber bestimmt. Ich hatte nicht gedacht, dass es möglich wäre, noch erregter zu werden, aber sein Befehl erreichte genau das. Sie hatten meine Gedanken bezüglich ihrer Dominanz beruhigt, wodurch es für mich in Ordnung war, dass sie so herrisch waren. Ich sollte es nach Brad nicht mögen – der es überhaupt nicht sexy gemacht hatte – aber ich tat es, vielleicht weil sie nicht Brad waren. Ich seufzte. Genug von Brad.

Ich hob meine Hüften und zog meine Unterhose runter zu meinen Knien.

„Spreize deine Beine", befahl Cole.

Ich tat wie geheißen und wurde mit ihrem lustvollen Stöhnen beim Anblick meiner feuchten Pussy belohnt. Es war noch nicht einmal zwanzig Uhr und die Sonne war noch nicht untergegangen. Sie konnten mich deutlich sehen. Sie konnten alles sehen.

„Zeig es uns." Declans Stimme war rau.

Ich stöhnte sanft, als meine Finger meine Klitoris fanden und schloss die Augen. Dies war so erotisch, so versaut. Ich kreiste mit meinen Fingern über die sensible Perle, bewegte meine Hüften, wimmerte. Ich verwöhnte mich selbst mit der vertrauten Kreisbewegung, aber ich war feuchter, als ich es jemals gewesen war und das Geräusch füllte zusammen mit meinem abgehackten Atmen die Kabine des Trucks. Zu wissen, dass ihre Augen auf mir lagen, machte mich noch heißer, brachte mich an den Rand des Höhepunkts. Ich fuhr fort mit mir zu spielen, während Cole fuhr. „Ich kann nicht. Wenn ich weitermache, werde ich kommen."

„Wir kümmern uns darum", erwiderte Cole. Der Wagen stoppte und die Männer begannen sich zu bewegen. Ich öffnete erst dann meine Augen, als Cole aus dem Fahrersitz rutschte und Declan sich so drehte, dass er mich anschaute. „Leg dich hin und spreize deine Beine."

„Was?", fragte ich, überrascht und verwirrt, aber Cole öffnete bereits meinen Gurt und drückte mich dann sanft nach unten, so dass mein Kopf auf dem Fahrersitz lag. Was zum Teufel machte ich hier? Bevor ich diesen Gedanken weiterspinnen konnte, glitt Declan aus dem Truck, so dass er in der offenen Tür stand. Er hakte meine Knie unter und zog mich zu sich. Ich keuchte über diese dreiste Aktion, aber schrie dann auf, als er etwas noch Dreisteres tat. Er legte seine Hände auf meine Knie und vergrub sein Gesicht zwischen meinen Schenkeln. Während seine Zunge meine Muschi leckte, war alles, das ich sagen konnte „Oh Gott, oh Gott" und ich presste meine Schenkel gegen seine Ohren.

7

Hannah

ER WAR GUT. Wirklich gut darin, er spielte mit schonungsloser Präzision mit meiner Klitoris. Mit meinen Fingern in seinen Haaren vergraben, kam ich so hart, dass ich weder etwas sehen, noch hören konnte, außer meinem eigenen Vergnügen.

Als ich schließlich meine Augen öffnete, bemerkte ich, wie ich kopfüber in Coles äußerst selbstgefälliges Lächeln starrte. Ich hob meinen Kopf und sah Declan, der mich angrinste und mit seinem Handrücken über den Mund wischte, um meinen Saft von seinem Gesicht zu wischen. Ich begann in eine aufrechte Position zu krabbeln und beide Männer streckten ihre Hand aus, um mir zu helfen. In einem ungeschickten Manöver fing ich an mein Höschen, das um meine Knöchel baumelte, hochzuziehen, aber Declan schnappte es sich, zog es nach unten und stopfte es in seine Hemdtasche.

Mein Mund klappte auf, als ich realisierte, dass er nicht vorhatte, es mir zurückzugeben. Ich hatte nun nicht nur einen nackten Hintern, sondern stand auch noch irgendwo, wo jemand vorbeifahren könnte, mit bloßem Hinterteil herum.

„Oh Gott, ich habe das am Straßenrand getan. Jeder hätte uns sehen können."

Declan grinste, offensichtlich zufrieden mit seinen Oralkenntnissen. „Wir sind in meiner Garage."

Ich drückte mich auf meine Ellbogen, dann aufrecht. Wir *waren* in einer Garage und das Tor war geschlossen. Licht aus einem Fenster in der Seite der Wand und die Glühbirne des Öffners sorgten für ausreichend Licht. Wann hatten sie das Tor geschlossen? Ich war so weggetreten gewesen, dass ich nicht einmal bemerkt hatte, dass wir Declans Haus erreicht hatten, ganz zu schweigen das Innere der Garage.

Vor Erleichterung seufzend, dass ich mich nicht am Straßenrand hatte oral befriedigen lassen, machte ich eine Bestandsaufnahme. Ich fühlte mich gut. Richtig gut. Meine Finger kribbelten immer noch und ich war überall heiß, aber ich konnte mich nicht erinnern, mich jemals so entspannt gefühlt zu haben. Ich konnte das Grinsen, das sich auf meinem Gesicht ausbreitete, nicht zurückhalten. Heilige Scheiße, ich hatte das gebraucht. „Das war, ähm... Dankeschön."

Declan tat meinen Dank mit einem Lachen ab. „Du musst mir nicht danken. Es war mir ein Vergnügen. Ich wollte seit dem ersten Mal, an dem wir dich im Diner entdeckten, von deiner süßen Pussy kosten."

Cole fügte hinzu: „Du hast keine Ahnung, wie viele Male ich den Rock deiner Uniform hochheben und dich lecken wollte."

„Oh." Das war alles, was mir darauf einfiel. Ein kleiner Orgasmus und, auch wenn sie noch immer Gentlemen waren, sie hielten sich nicht länger zurück. Dies waren der wirkliche Cole und Declan. Gutaussehend, dreist, leicht arrogant, sehr fordernd und sehr, sehr gründlich.

Ich mochte zwar mit diesen Beiden nicht gerade in meinem Element sein – ich hatte mir nie auch nur vorgestellt, was wir gerade getan hatten – aber ich war entschlossen, jede Sekunde davon zu genießen. Und ich hatte gewiss die letzten paar Minuten genossen. Mehr als ich jemals etwas in meinem Leben genossen hatte. Und das war nur Declans Mund gewesen und wir hatten noch alle unsere Klamotten an. Bis auf meine Unterhose.

Diese kleine Fantasie würde nicht lange anhalten und jetzt, da ich wusste, was sie tun konnten, würde ich auf keinen Fall zulassen, dass meine Bedenken und Blockaden mich davon abhalten würde, die einzige Chance, meine schmutzigsten Tagträume auszuleben, zu genießen. Und ich hatte keinen Zweifel, dass sie jeden Einzelnen erfüllen könnten, einschließlich einiger, von denen ich gar nicht wusste, dass ich sie hatte.

Declan beugte sich in den Truck, zog mich heraus und warf mich über seine Schulter, als würde ich gar nichts wiegen. Ich wusste nicht, ob ich lachen oder vor Empörung schreien sollte. Lachen gewann, besonders, als ich einen grinsenden Cole erblickte, der uns folgte.

Declan gab meinem Hintern einen Klaps, während er mich nach drinnen und zu seinem Schlafzimmer trug, wobei er zwei Stufen auf einmal nahm. „Du gehörst uns für diese Nacht", sagte er, als er mich vor einem übergroßen Bett abstellte.

Ich schaute zu dem dunklen, grüblerischen, heißen Typ und dann rüber zu Cole mit seinem hinreißenden, klassischen, guten Aussehen. Nur vor wenigen Minuten hatte ich ihm erzählt, dass Gerede wie dieses mir Angst machte, aber jetzt ängstigte es mich überhaupt nicht. Es erregte mich.

Ich gehörte ihnen für die Nacht? Ja, damit war ich einverstanden. Ich hatte nur nicht gewusst, dass ich einen wirklich guten Orgasmus benötigte, um das zu kapieren.

„Zieh dieses Kleid aus", befahl Declan. Er verschränkte seine Arme zwar vor der Brust, aber er zwinkerte, was seinen Worten die Schärfe nahm. Jetzt hatte ich keine Angst vor seiner Dominanz. Ich blühte darin auf.

Ich konnte nicht anders, als ihn anzugrinsen, während ich mich aus dem Kleid wand, es über meinen Kopf zog und ein stummes Dankgebet sprach, dass ich daran gedacht hatte, meine hübsche schwarze Spitzenunterwäsche zu tragen. Auch wenn sich mein Höschen in seiner Hemdtasche befand, so dass der Effekt nicht mehr der Gleiche war. So wie sie mich anstarrten, schien es sie allerdings nicht zu stören. Nicht ein kleines, Schwanz härtendes Bisschen.

Dennoch fühlte ich mich seltsam und entblößt, da ich mit so gut wie nichts dastand, während zwei vollständig bekleidete Männer mich ungeniert von Kopf bis Fuß musterten. Die Verlegenheit legte sich jedoch schnell, als ich das Verlangen und die Bewunderung, die sie nicht zu verbergen versuchten, sah.

„Heiliges Kanonenrohr, du bist so wunderschön", flüsterte Cole leise. Er trat einen Schritt auf mich zu. „Zieh diesen BH aus, Schatz."

Ich begann zu tun, worum ich gebeten worden war, aber stoppte dann. Ich wusste, was kommen würde. Diese Männer würden mich kommen lassen, wieder...und wieder. Sie waren fest entschlossen, mich glücklich zu machen, mir zu zeigen, wie es sein könnte. Nicht, dass ich mich beschwerte, aber da gab es etwas, das ich zuerst brauchte. Meine Gedanken kehrten zu dem Gefühl zurück, dass ich zuvor im Truck gehabt hatte, als meine Hände auf ihren Beinen gelegen hatten. Ich hatte gesehen, wie ihre Männlichkeit hart geworden war und hatte die Wirkung, die ich auf sie hatte, beobachtet. Dieses Gefühl war genau das, was ich jetzt wollte. Ich musste zuerst meine eigene Macht erleben, bevor ich ihnen erlaubte, die komplette Kontrolle zu übernehmen.

„Wartet", sagte ich. Zu meiner Freude erstarrten sie sofort. Trotz all ihrer Kommandos und Befehle war ich diejenige, die hier die Grundregeln aufstellte, genauso wie sie es mir versprochen hatten. Ihre Reaktion war der Beweis, dass sie nie etwas tun würden, von dem ich nicht wollte, dass sie es taten. Ich hatte das tief in mir gewusst, aber es mit meinen eigenen Augen zu sehen, war befriedigend.

„Stimmt etwas nicht?", fragte Declan mit besorgtem Gesicht.

„Wir haben dir gesagt, dass wir die Dinge langsam angehen können", erinnerte mich Cole.

Ich schluckte ein Lachen hinunter. Langsam war nicht das, was ich im Sinn hatte. Ich schüttelte meinen Kopf. „Das ist es nicht. Es ist nur...ich möchte euch zuerst sehen."

Das brachte mir ein verschmitztes Grinsen von Cole und ein Lachen von Declan ein. „Wenn die Dame darauf besteht."

Sie zogen ihre Klamotten schnell aus und als sie ihre Jeans und dann ihre Boxershorts fallen ließen, klappte mein Mund auf. „Wow, ähm...wow."

Himmel Donnerwetter, sie waren größer, als ich mir vorgestellt hatte. Lang und dick bettelten ihre Schwänze geradezu darum, angefasst zu werden. Und als Cole seinen

Penis ergriff, anfing ihn langsam zu reiben und sich ein Lusttropfen an der Spitze bildete, da leckte ich meine Lippen. Ich wollte sie schmecken, sie kommen lassen, wie ich gekommen war.

In einer überraschenden Wendung erkannte ich, dass ihre Sorgen und dann Dominanz mich mutig machten. Ich konnte ich selbst sein. Nein, ich konnte ein neues Ich sein, ein Ich, dass nicht davor zurückschreckte, was ich wollte. Ich war leidenschaftlich und wild, auch ein wenig versaut und ich würde es in vollen Zügen auskosten.

Als sie mir erzählten, was ich tun sollte, gaben sie mir den Freiraum alles zu vergessen und einfach nur zu genießen, mein Vergnügen und Verlangen die Führung übernehmen zu lassen. Dem gab ich jetzt nach und ließ mich vor ihnen auf die Knie fallen. „Wer mag als Erster?"

„Whoa, Schatz, du musst das nicht tun", sagte Cole mit dunklen Augen. Erregt. Ich hatte sie geschockt, so viel war offensichtlich. Er war bei meinem dreisten Verhalten erstarrt, aber umfasste immer noch seinen Schwanz.

„Ich werde es tun. Ich werde es so was von tun", erwiderte ich, während ich zu ihnen hochschaute. Sie waren so groß, so mächtig und dennoch sanft. Rücksichtsvoll. „Ich hatte Angst, aber nicht länger. Ein Orgasmus scheint geholfen zu haben. Eine Menge."

Sie grinsten beide.

„Ich will das. Ich will euch. Euch beide."

Cole knurrte seine Zustimmung und Declan trat vorwärts, wobei er seinen Penis umfasste und ihn vorsichtig in meinen geöffneten Mund einführte. Als ich meine Lippen um ihn schloss, glitten seine Hände in meine Haare, um mich nahe zu halten.

Oh Scheiße, es war schon so lange her, seit ich das getan hatte, dass ein kleiner Teil von mir hoffte, dass ich nicht vergessen hatte, wie es ging. Aber es stellte sich heraus, dass an einem Schwanz zu saugen wie Fahrrad fahren war. Ich bewegte meinen Kopf vor und zurück, ließ sein Glied rein und raus gleiten, benutzte meine Zunge, um seine Länge zu streicheln und weidete mich an dem Klang seines Stöhnens. Er war wie Samt gegen meine Zunge, aber steinhart. Da er zu groß war, um seine gesamte Länge aufzunehmen, schloss ich meine Finger um den Ansatz – sie umschlossen ihn nicht vollständig – und rieb ihn, während ich meine Wangen einsaugte, als ich an ihm lutschte.

Ich hörte, wie sich Cole zu mir bewegte und fühlte seinen Schwanz gegen meine Wange streifen, fühlte die Feuchtigkeit seines Lusttropfens. Das war so heiß, schmutzig und richtig, richtig gut. Mich zurückziehend, gab ich Declan frei und nahm Coles Männlichkeit in meinen Mund, fuhr mit meiner Zunge um die entflammte Eichel, als wäre sie ein Lutscher, leckte die salzige Essenz auf. Er erlaubte mir nicht einmal, ihn in meinen Mund zu nehmen, um ihn in meine Kehle gleiten zu fühlen, bevor er sich zurückzog.

„Du hattest jetzt deinen Moment der Kontrolle, Hannah. Jetzt ist es an uns, die Führung zu übernehmen."

Er pausierte, wartete auf mein Nicken, dann sagte er: „Auf das Bett. Jetzt."

Dieser autoritäre Ton versetzte mich nicht länger in Panik. Ich tat nichts anderes, als noch feuchter zu werden.

Declan zog mich langsam hoch und half mir auf das Bett. Mit flinken Fingern öffnete er meinen BH, wodurch er meine Brüste befreite. Meine Brustwarzen waren bereits hart, aber zogen sich bei dem Gefühl der kalten Luft noch mehr zusammen.

„Auf Hände und Knie", befahl Cole.

Oh ja. Gott die Vorstellung, dass er mich von hinten

nehmen würde, brachte mich dazu, mich schnell zu bewegen. Sobald ich das tat, kniete er neben mich auf das Bett und riss die Verpackung eines Kondoms auf. Ich beobachtet das Spiel seiner Bauchmuskeln, während er sich bewegte, betrachtete die dunkle Linie Haare, die bis zu seinem Penis führte. Und die Bestie selbst.

Würde er überhaupt reinpassen? Meine Pussy zog sich zusammen, begierig, es herauszufinden.

Meine Brüste hingen nach unten und mein Hintern war nach oben gestreckt. Alles lag auf dem Präsentierteller und es kümmerte mich nicht. Ich brauchte einfach nur diesen großen Schwanz tief in mir. Jetzt.

„Das wird jetzt schnell sein, Schatz." Er warf mir einen Blick zu, während er sich das Kondom überstreifte, und grinste. „Nächstes Mal werden wir es schön langsam angehen lassen."

Damit war ich einverstanden. „Ja, beeil dich."

Wer war diese hauchig klingende Frau? Ich konnte nicht glauben, dass das ich war. Nackt und in einem Bett, verzweifelt und verdammt gierig auf zwei Schwänze.

Er bewegte sich hinter mich, drückte meine Knie mit seinen weiter auseinander, als Declan sich auf das Bett setzte und sich gegen das Kopfbrett lehnte, auf den Kissen abgestützt. Meinen Arm nehmend, zog er mich so, dass meine Hände auf dem Bett lagen, aber dieses Mal auf jeder Seite seiner Hüften. Mein Mund schwebte direkt über seinem steifen Penis. Er bog sich nach oben, berührte geradeso seinen Bauchnabel. Ich wusste, wie er schmeckte, wie er sich in meinem Mund anfühlte und ich wollte ihn wieder. Ich wollte fühlen, wie sich seine Finger in meinen Haaren vergruben, wie er mich führte, so dass es ihm gefiel. Ich wollte, dass er in meinem Mund kam, so dass ich ihn schmecken konnte, dass ich jeden einzelnen Tropfen schlucken konnte.

Cole glitt über meine Spalte, dann drückte er seinen Schwanz langsam in meine feuchte Muschi, während Declan meinen Kopf führte und er zwischen meine Lippen glitt.

Cole fand rasch einen Rhythmus, der hart und schnell war. Er füllte mich aus, während ich gierig an Declans Penis saugte. Ich stöhnte, als Cole wieder und wieder über meinen G-Punkt glitt. Declan stöhnte zur Antwort und straffte seinen Griff in meinen Haaren mit einer Hand, während er mit der anderen meine Brust umfasste und mit ihr spielte.

Ich würde kommen. Ich stand kurz vor dem Orgasmus, presste meine Hüften nach hinten, begegnete Coles Stößen, um ihn so tief aufzunehmen wie möglich. Aber es war nicht genug. Irgendwie wusste er das, da er um mich griff und anfing mit seinem Daumen meine Klitoris zu bearbeiten. Ich stöhnte wieder und dieses Mal hob Declan seine Hüften, stieß seinen Schwanz tief in meinen Mund, schwoll an und kam. Zu ihm hochschauend, beobachtete ich, wie er seinen Kiefer zusammenpresste und vor Vergnügen, welches ihm das heiße, feuchte Saugen meines Mundes bereitete, aufstöhnte. Ich fühlte den Strahl seines heißen Samens in meinem Rachen, als Cole meinen Kitzler kniff.

Ich kam mit einem gedämpften Schrei, meine Augen schlossen sich und ich gab mich dem Vergnügen hin, das meinen Körper durchfuhr, mein Herz heftig schlagen ließ und meinen Atem stahl.

Cole vögelte mich. Jeglichen Rhythmus aufgebend gab er sich selbst dem niedersten Bedürfnis zu kommen hin. Mit einem Schrei packte er meine Hüfte und füllte mich, sein Samen gefangen in den Barrieren des Kondoms.

Declan hob mich von seinem verausgabten Schwanz, bevor er mich in seine Arme zog, wobei unsere Haut, feucht vor Schweiß, zusammenklebte. Er war warm, so warm und er war hart und kraftvoll, breit und beschützend, als er seine Arme um mich schlang.

Cole glitt aus mir, ging ins Badezimmer und kehrte nach einer Minute zurück. Er brachte einen warmen, nassen Waschlappen und säuberte mich sanft. Ich war zu erschöpft, um mich darum zu scheren, dass er sich um meine privateste Stelle kümmerte.

Nachdem er fertig war, brach er neben uns als knochenloser, absolut befriedigter Haufen auf dem Bett zusammen. Wie hatte ich jemals denken können, dass diese zwei angsteinflößend waren? Sie waren wie große, muskulöse Teddy Bären. Männer, die gerne hart fickten und tief wertschätzten.

Nach einer kleinen Weile bewegten sie mich so, dass ich zwischen sie gekuschelt war mit meinem Kopf auf Declans Brust und Coles warmem Körper von hinten um mich geschlungen. Eine Decke wurde über uns geworfen und ich fiel in einen sehr befriedigten Schlaf.

ALS ICH AUFWACHTE, war es immer noch dunkel und die Männer schliefen auf beiden Seiten von mir. Alles, was wir getan hatten, kam in einem heißen, brodelnden Moment zurück. Heilige Scheiße, was hatte ich nur getan? Ich hatte mit Declan und Cole geschlafen. Nicht nur mit ihnen geschlafen, sondern sie gefickt. Ja, es gab kein anderes Wort dafür. Ich war so eine versaute, schmutzige Frau. Nein. Ich weigerte mich, mich deswegen schuldig zu fühlen. Wegen dem Pulsieren zwischen meinen Beinen. Aber das bedeutete nicht, dass ich hierbleiben sollte. Der Spaß war vorüber und so war es auch die eine Nacht.

Eine Nacht, das war alles, was es sein sollte. Eine spektakuläre Nacht, an die ich mich mein Leben lang zurückerinnern würde. Wir hatten alle Spaß gehabt, hatten uns auf Arten kennen gelernt, die ich nicht erwartet hatte – wie das Gefühl meiner Zunge, die über die pulsierende Ader glitt, die die Länge von Declans Schwanz zierte oder Coles Finger, während er mich ruhig hielt, damit er in mich stoßen konnte.

Jep, versaut. Schmutzig versaut. Und befreiend. Ich würde nicht länger verschreckt sein.

Ich bewegte mich langsam, wand mich aus der Beuge von Declans Schulter und hob Coles Arm von meiner Taille. Ich hatte es fast bis zum Ende des Bettes geschafft, als ich hörte, wie sich Cole hinter mir bewegte. Bevor ich wusste, wie mir geschah, schlang sich sein Arm wieder um meine Taille und hielt mich im Bett. Seine Hand umfasste meine Brust, eine perfekte Passung.

„Ich denke nicht, Schatz."

„Ich, äh, ich muss nach Hause gehen", flüsterte ich, da ich Declan nicht aufwecken wollte.

„Wir werden dich auf keinen Fall den 'Walk of Shame' laufen lassen."

„Das macht mir nichts aus, ich werde einfach – "

Er zog mich zurück, so dass ich gegen ihn gepresst lag und wieder einmal zwischen ihm und Declan kuschelte, der anfing sich zu rühren.

„Keine Diskussion", sagte er, während seine Hand sanft meinen Arm hoch und runter wanderte. „Dieses Date ist nicht vorbei, bis wir dich nach Hause fahren."

Anscheinend würde es jetzt noch nicht zu Ende sein. Ich gab mit einem Seufzen nach. Ich schätzte, dass es nicht viel schaden könnte, meine Fantasie Nacht um ein paar weitere Stunden auszudehnen. Zumindest bis die Sonne aufging.

Cole bewegte sich, stemmte sich auf seine Vorderarme, so dass er über mich gebeugt war. Das Zimmer war dunkel, aber das Leuchten des Mondes, das durch das Fenster schien, erlaubte mir zu sehen, dass seine Augen dunkel vor Lust waren, sein Lächeln war weich, aber seine Stimme... seine Stimme war voller Versprechen. „Außerdem kannst du nirgendwo hingehen, bis ich nicht auch von dir gekostet habe."

Mein, an Schlafentzug leidendes, Gehirn wusste zuerst nicht, worüber er sprach. Ich kapierte es nicht, bis er seinen Körper nach unten senkte, so dass er zwischen meinen Schenkeln lag, die er mit seinen Händen weiter und weiter auseinanderzog. Ich fühlte seinen warmen Atem auf meiner empfindlichen Haut, kurz bevor er seinen Mund auf mich legte.

8

Hannah

Das nächste Mal, als ich aufwachte, saß Cole an meiner Seite mit einer dampfenden Tasse Kaffee in der Hand und einem eingebildeten Lächeln auf dem Gesicht. Er trug eine lockere Trainingshose und sonst nichts. Der Anblick war sehr anziehend. „Morgen, Schatz."

Ich setzte mich aufrecht und stieß fast die Tasse um, die er mir entgegenstreckte, als ich an der Decke zog, um mich selbst zu bedecken. Ich murmelte meinen Dank, wobei meine Wangen so heiß wie der Kaffee waren.

Sein Grinsen vertiefte sich. „Du hattest es heute Morgen schrecklich eilig von hier abzuhauen. Arbeitest du heute die Mittagsschicht?"

Ich schüttelte meinen Kopf. „Nicht bis zum Abendessen."

Seine Erwähnung dessen, was er zuvorgetan hatte, ließ mich überall hinschauen, nur nicht zu ihm. Dass meine

Pussy von einem relativ Fremden als erstes am Morgen oral verwöhnt wurde, war nicht unbedingt ein tägliches Ereignis in meinem Leben. Tatsächlich war dies das einzige Vorkommnis dieser Art gewesen. Etwas sagte mir, wenn ich dies hier länger laufen ließ, hätte ich ständig früh morgendliche Orgasmen.

Cole machte ein „tss"-Geräusch, während er sanft, aber bestimmt, die Decke aus meiner Hand, die nicht den Kaffee hielt, zog. „Wohin ist dein kleines, versautes Hirn gerade gewandert?"

Ich presste meine Lippen zusammen. Auf keinen Fall würde ich zugeben, dass ich in dem Gefühl seiner Zunge auf meiner Klitoris schwelgte. Dies sollte eine einmalige Sache sein. Ich sollte sie nicht noch mehr ermutigen, aber er schien meine Gedanken lesen zu können. Sein Verdacht wurde bestätigt, als er mit seiner Hand über meinen Bauch fuhr und über meine Muschi. Er stöhnte und ich tat das Gleiche, seine Augen trafen meine. „Jemand ist ganz schön erregt für mich aufgewacht, nicht wahr?"

Ich biss auf meine Lippe. Ich konnte versuchen, es zu leugnen, aber was würde das bringen? Er konnte fühlen, wie feucht ich war und ich wurde mit jeder Sekunde feuchter, als seine Finger zwischen meine Schamlippen glitten und meinen Kitzler streichelten. Ach zur Hölle, wen versuchte ich hier zu veräppeln? Ich nickte ihm kurz zu, veränderte meine Position, so dass ich vor ihm kniete und ihm besseren Zugang gewährte.

Sein Grinsen war zugleich ärgerlich und sexy. „Sag es, Schatz."

„Ich bin scharf auf dich." Da, ich hatte es gesagt.

Er glitt mit einem Finger in mich und ich wölbte meine Hüften instinktiv. Mit seiner freien Hand, nahm er mir die Tasse ab, bevor ich deren Inhalt über mich selbst verschüttete. Ich hörte nur, wie er sie auf den Nachttisch stellte, da meine Augen zugefallen waren, während sich meine Hüften mit dem sanften Gleiten seines Fingers bewegten.

„Erzähl mir, was du willst", forderte er mit seinen Lippen direkt neben meinem Ohr.

Ich konnte nicht. Ich sollte nicht. Dies sollte eigentlich vorüber sein. Ich würde einen Orgasmus haben, allein von der Art wie er seinen sehr geschickten Finger in mir krümmte. Warum sollte ich jetzt mit ihm streiten?

„Erzähl es mir", knurrte er.

„Ich will dich reiten." Ich war mir sicher, dass meine Wangen tiefrot waren, weil ich so eine obszöne Sache laut ausgesprochen hatte, aber sein zustimmendes Murmeln vertrieb alle Verlegenheit.

„Gutes Mädchen", flüsterte er. Nachdem er sich ein Kondom vom Nachttisch geschnappt hatte, zog er seine Hose weit genug herunter, um seinen Penis zu befreien und streifte schnell das Kondom über. Dann bewegte er mich, zog mich auf seinen Schoß. Er saß auf der Seite des Bettes mit den Füßen auf dem Boden und ich blickte ihn an, saß rittlings auf seinen Hüften...und seinem Schwanz. „Du willst darauf sitzen?"

Er reizte mich, sein Mundwinkel war zu seinem schiefen Lächeln hochgezogen. Er hielt mich mit Leichtigkeit über seine harte, lange Männlichkeit, so dass ich nah war, aber ihn nicht in mir aufnehmen konnte. Meine Scheidenwände zogen sich erwartungsvoll zusammen.

„Ja", flüsterte ich. Als er seinen Griff um meine Hüften immer noch nicht lockerte, begegnete ich seinem Blick. „Bitte."

„Gutes Mädchen", wiederholte er. „Ich liebe es, wenn du mir erzählst, was du willst." Er lockerte seinen Griff und ich sank nach unten. Sein dicker Schwanz dehnte meine Pussy, als ich ihn in mir aufnahm und mit den Hüften wackelte, um mich besser anzupassen.

Oh Gott, er fühlte sich so gut an. Aber eine Sache fehlte. „Wo ist Declan?"

„Genau hier, Liebling." Ich hörte seine Stimme von der Tür. „Ich sehe, ihr zwei habt bereits ohne mich angefangen."

Ich hob meine Hüften und senkte mich wieder nach unten, liebte Coles zustimmendes Zischen. Ich sah, wie sich Declans Hände von hinten um meine Taille schlangen und er kam zu mir, um meine Brüste in seinen Händen zu wiegen, um an meinen Nippeln zu ziehen.

Dies. Dies war, was ich wollte. Von meinen Männern umgeben zu sein.

Nicht meinen, erinnerte ich mich selbst.

„Es ist Zeit, Liebling."

Declans Hände verließen mich und er hob etwas auf und hielt es mir vors Gesicht. Cole hörte auf, sich in mir zu bewegen und ich blinzelte. Es war ein leuchtend pinker Analstöpsel. Ich hatte noch nie einen im richtigen Leben gesehen, aber wusste, was es war.

„Ähm – "

Declan bewegte ihn aus meinem Sichtfeld und ich hörte das bekannte Geräusch eines Klappdeckels, der geöffnet wird.

„Er wird dich nicht verletzen", versprach Cole, wobei er mein Kinn umfasste. „Du willst doch irgendwann beide deine Männer zusammen nehmen, oder nicht?"

Mein Mund öffnete sich, um ihnen zu sagen, dass sie nicht die Meinen waren, dass dies nur ein One-Night-Stand mit einem weiteren Quickie war, aber ich fühlte die kühle, harte Spitze des Stöpsel gegen mich drücken. Dort.

„Declan!", schrie ich aus, als Cole sich zurück auf das

Bett legte, meine Hand nahm und mich auf ihn zog, während er tief in mir blieb. Seine Hand umfasste wieder meinen Kiefer und er küsste mich. Es war kein keuscher Kuss. Seine Zunge spielte mit meiner, während sich seine Hüften in kleinen Abständen hoben und senkten, was meine Lust noch steigerte.

„Nur mein Finger, Liebling", murmelte Declan und bewegte diesen sehr sanft.

Es *war* sein Finger, nicht der Stöpsel und auch wenn es mich überrascht hatte, fühlte es sich gut an. Gott, das tat es. Nerven, von denen ich nicht einmal wusste, dass ich sie hatte, erwachten zum Leben nur von dieser federleichten Berührung. Als ich den Analstöpsel gesehen hatte, hatte ich gedacht, er würde ihn einfach in mich rammen, aber ich war falsch gelegen.

Ich hob meinen Kopf, um tief Luft zu holen. Das Gefühl war so intensiv und neu und Cole war in mir, ich hatte noch niemals zuvor so schnell kommen müssen. Cole beobachtete mich sorgfältig, eine Hand glitt meine Seite entlang zur Hüfte, die andere bewegte sich zwischen uns, um über meine Klitoris zu streifen.

„Oh!", schrie ich. Sie waren so verdammt sanft. Kein raues Spiel, keine Forderungen, nur das leichteste Locken und Überreden. Wie konnte ich Nein zu Declan sagen, wenn es sich so gut anfühlte?

„Gefällt dir das?", fragte Declan, beugte sich vor und flüsterte in mein Ohr. „Weißt du, wie hinreißend du bist, wie du Coles Schwanz reitest? Deine Nippel sind ganz hart und deine Klitoris – "

„Ist geschwollen und hart", fügte Cole hinzu. „Sie umklammert mich wie ein Schraubstock. Es ist Zeit, dass du für deine Männer kommst, Schatz."

„Okay", erwiderte ich, weil ich genau das tun würde. Ich

würde nicht den unglaublichsten Orgasmus, den ich je hatte, nur weil Declan mein jungfräuliches Poloch berührte, auf später verschieben.

Meine Hände auf Coles Brust legend, wölbte ich meinen Rücken und kam mit einem schrillen Schrei. Cole fuhr fort mit meinem Kitzler zu spielen. Ich begann seinen Schwanz wieder zu reiten, benutzte ihn, um über diesen wundervollen Punkt in mir zu reiben. Declans Finger drückte stärker, dann glitt er in mich, dehnte mich weit. Es war ein stechendes Gefühl und ich riss meine Augen weit auf, meinen Kopf zur Decke gehoben. Meine Haare rutschten über meinen Rücken, als ich noch einmal kam. Cole war in meiner Muschi und Declans Finger in meinem Hintern gab mir einen Eindruck davon, wie es sein würde, wenn ich sie beide zusammen nahm.

Sie sprachen zu mir, während ich kam, aber ich habe keine Ahnung, was sie sagten. Ich war zu verloren, zu versunken in meiner Lust, um es überhaupt zu verstehen. Ich wusste nur, dass sie da waren, mich umgaben, mich beschützten, mich sicherten, während ich mich gehen ließ.

Ich fühlte Declans Finger aus mir gleiten und öffnete meine Augen, sah Cole, der mich mit dieser leicht gekrümmten Lippe beobachtete. Als ich bemerkte, dass meine Finger wie Krallen in seinen kräftigen Schultern steckten, lockerte ich meinen Griff, flüsterte ein schnelles: „Sorry."

„Du kannst so viele Abdrücke auf mir hinterlassen, wie du willst. Ich werde nicht vergessen, wie ich sie bekommen habe, das steht fest."

Etwas kaltes und hartes kehrte zu meinem Hintern zurück. Dieses Mal wusste ich, dass es der Stöpsel war. „Bereit?", fragte er.

Seine Hand glitt über meinen Rücken und legte sich auf

meinen Hintern, teilte mich. Über meine Schulter schauend, begegnete ich Declans Blick. Er wartete darauf, dass ich Ja sagte, dass ich ihm die Erlaubnis gab. Er war sehr schlau, dass er mich zuerst mit seinem Finger an dieser Stelle hatte kommen lassen, denn nun konnte ich nicht leugnen, dass mir Anal-Spielchen gefielen. Ich war noch nie in meinem Leben so stark gekommen wie, als er mich so berührt hatte. Ich könnte Nein sagen einfach nur, weil es ein wenig erschreckend war, zuzugeben, dass man so etwas Versautes mochte, aber diesen Punkt hatten wir mittlerweile überwunden. Wenn viele Frauen in Bridgewater zwei Männer hatten, waren Anal-Spielchen vermutlich gar nicht so ungewöhnlich. Ich war die Seltsame.

Ich nickte und er drückte den Stöpsel vorsichtig in mich. Coles Hände kamen nach oben, um meine Brüste zu umfassen, was mich von der zunehmenden Dehnung ablenkte und ich wendete meinen Kopf zu ihm.

„Wenn dieser Stöpsel erst in dir ist, werde ich dich ficken. Du hast meinen Schwanz so nass gemacht, als du gekommen bist, und ich sterbe hier. Beeil dich, Dec."

Ich atmete aus, als er nach vorne drückte, zurückzog. Ich hatte den Stöpsel gesehen, er war nicht groß, aber er fühlte sich riesig an. Ich zuckte bei dem leichten Brennen zusammen, dann fühlte ich ein kurzes „Plop", als er an Ort und Stelle glitt.

„Gutes Mädchen", sagte Cole, dann drehte er mich auf den Rücken und ich keuchte auf, als der Stöpsel nach innen gedrückt wurde. „Warte, Schatz. Jetzt bin ich an der Reihe, dich auf einen Ritt mitzunehmen."

Ich tat, worum er mich bat, wand meine Beine um seine Taille, als er anfing mich zu ficken. Es gab kein anderes Wort dafür. Er war nicht länger sanft, sein Verlangen zu kommen war zu mächtig. Er fühlte sich anders an als in der

Nacht zuvor, da der Stöpsel es so eng machte, es so viel besser machte, beide Löcher gefüllt zu haben.

Durch den Winkel seiner Stöße rieb er über meine Klitoris, die bereits sensibel war von meinem Orgasmus. Es gab keine Möglichkeit, dass ich nicht wieder kommen würde, da meine Sinne so überladen waren. Überwältigt. Ich molk ihn, als ich seinen Namen hinausschrie und versuchte ihn noch tiefer zu ziehen.

Er hielt es nicht länger aus und kam mit einem rauen Stöhnen.

„Ich kann nicht warten, bis du uns zusammen nimmst, Liebling. Das Warten bringt mich um."

Declans Stimme erregte mich und sein Arm schlang sich um meine Taille, hob mich von Coles Schwanz, so dass ich direkt vor ihm neben dem Bett stand. Ich fühlte Declans Klamotten in meinem Rücken. Cole setzte sich auf und strich mit einem Daumen abwesend über meinen Nippel. Dann stand er auf und ging ins Badezimmer, wahrscheinlich, um sich um das Kondom zu kümmern.

„Beuge dich vor," sagte Declan, wobei mich seine Hand in der Mitte meines Rückens nach vorne drückte und meine Hände auf dem Bett zum Ruhen brachte.

Ich hörte, wie er seine Hose öffnete, das Geräusch einer Kondom Verpackung, die geöffnet wird. Ich bewegte mich nicht. „Ich liebe es, wie du so aussiehst. Vornübergebeugt und auf meinen Schwanz wartend, deine Pussy von Cole benutzt und bereit für mich, der Stöpsel in deinem Hintern."

Gott, mir war sein Gerede nicht einmal peinlich. Nein, ich war erregt und ich bewegte meine Hüften, weil mich die Lust fest im Griff hatte. „Beeil dich", flüsterte ich, da ich ihn auch brauchte. Ich war zweimal gekommen, aber ich war noch nicht fertig. Ich wollte sie beide.

Declan trat hinter mich und drang sofort in mich ein. Auch wenn es mit dem Stöpsel sehr eng war, so war ich sehr feucht und, wie er gesagt hatte, bereit.

Wir vögelten hart und schnell und er war anders als Cole. Er bewegte sich mit wilder Hingabe, während Cole mich mit fokussierter Präzision genommen hatte. Sie wussten beide genau, wie sie mich zum Orgasmus brachten, als ob man ihnen ein Handbuch gegeben hätte. Vielleicht war es, weil er hatte zuschauen und warten müssen, aber Declan kam schnell, aber erst nachdem er seine Finger auf meiner Klitoris hatte kreisen lassen, um mich noch einmal zum Höhepunkt zu bringen. Er hatte gesagt, „Ladies first.", bevor er mich hatte aufschreien und ihn sowie den Stöpsel hatte umklammern lassen, als ich kam. Ich brach auf dem Bett zusammen. Während Cole den Analstöpsel entfernte und einen warmen Waschlappen über mich gleiten ließ, ging Declan ins Badezimmer.

„Ich bin ganz schön hungrig", meinte Cole, wobei er meinem Hintern einen spielerischen Klaps verpasste. „Zieh dich an, Schatz. Ich höre deinen Magen grummeln."

Sie verließen das Zimmer und ich zog mich an ohne die Unterhose, die Declan irgendwo hatte. Meine Muskeln fühlten sich wie gezogenes Toffee an und ich konnte das alberne Grinsen auf meinem Gesicht nicht abschalten. Ich war ganz und gar durchgevögelt worden. Nicht einmal, nicht zweimal, ach zur Hölle, ich hatte keinen Überblick darüber, wie viele Male. Und es war nicht nur einfacher Missionarssex gewesen. Oh nein. Wir waren viel weiter gegangen. Ich hatte ein Gefühl, dass wir Dinge getan hatten, die in mehreren Staaten illegal waren. Ich war ein bisschen wund, aber es war mir egal. Ich würde die Nacht – und den Morgen – nicht so schnell vergessen.

Ich lief nach unten, um zu entdecken, dass Declan

Frühstück für uns gemacht hatte. Obwohl ich wusste, dass es an der Zeit war, zurück zu meiner Wohnung zu gehen, war ich doch hungrig und ich wollte kein undankbarer Gast sein. Und was waren das nur für Männer? Nett, aufmerksam, sehr talentiert, hatten sehr große Schwänze, kochten? Etwas konnte mit ihnen nicht stimmen.

Während ich Rühreier, Speck und Toast von meinem Teller aß, versuchte ich herauszufinden, was es war. Als ich fertig war und sie mich beide mit zufriedenem Grinsen beobachteten, stand ich auf. So wenig ich auch wollte, dass dies endete, meine Muschi brauchte eine kleine Pause und ich musste weitermachen. Die Nacht und der Morgen voller Spaß waren vorüber. Ich musste diese zwei jetzt gehen lassen, so lange es noch leicht war. Na ja, *leichter*.

„Ähm, na gut, ich sollte wahrscheinlich zurück zu meiner Wohnung gehen, also Danke für das – "

Natürlich ließen sie mich nicht so einfach gehen.

Declan nahm meine Hand. „Danke? Ich werde darauf nicht einmal antworten, Liebling." Er war still, während ich realisierte, dass ich ein wenig beleidigend geklungen hatte. Aber es war nur ein Liebesabenteuer für eine Nacht gewesen. „Du musst heute erst später im Diner sein, richtig?"

Ich nickte. Es würde keinen Sinn machen zu lügen, da sie meinen Arbeitsplan so gut kannten wie ich.

„Dann gibt es da etwas, das wir dir zeigen möchten."

9

Cole

Es war Decs Idee gewesen, unsere Frau hoch zur Hütte zu bringen. Und sie *war* unsere Frau. Letzte Nacht hatte jeden verbliebenen Zweifel, den wir gehabt hatten, beseitigt. Ich hätte zwar gesagt, dass es passiert war, als ich in ihre feuchte Hitze eingedrungen war und gefühlt hatte wie ihre Pussy mich drückte und quetschte, ihr Körper sich an meine Eroberung anpasste, dann an Decs, aber in Wirklichkeit war sie in der Sekunde die Unsere geworden, in der sie auf ihre Knie gefallen und uns zuerst in ihre Hand, dann in ihren Mund, genommen hatte.

Nein, sie war in der Sekunde die Unsere geworden, als wir sie zum ersten Mal gesehen hatten.

Hannah war schlicht und einfach die Eine für uns. Ich hatte gedacht, dass wir einen verdammt guten Job darin gemacht hatten, ihr das zu beweisen, aber sie war bereit gewesen mitten in der Nacht den 'Walk of Shame' zu gehen.

Ich konnte fühlen, wie sich meine Lippen zu einem Grinsen verzogen bei dem Gedanken an ihren Gesichtsausdruck, als ich ihre süße Muschi geleckt hatte. Wir hatten ihr gezeigt, wie es sein würde und warum sie bleiben sollte, nackt und zwischen uns. Aber die Tatsache, dass sie versucht hatte, sich aus unserem Bett zu schleichen, dass sie bereit gewesen war, einfach so Danke zu sagen und nach Hause zu gehen, das war kein gutes Zeichen. Offensichtlich hielt sie uns immer noch nur für ein kurzes Liebesabenteuer und letzte Nacht war in ihren Gedanken ein One-Night-Stand gewesen. Für sie war es nur eine wilde Zeit gewesen. Sogar nachdem wir begonnen hatten, ihren Hintern zu trainieren, ihr erzählt hatten, dass wir sie zusammen nehmen würden, wenn sie bereit war.

Ich hielt es nicht für falsch, wenn eine Frau nur für eine Nacht Spaß im Bett haben wollte. Wenn sie ihren Weg durch mehrere Orgasmen ficken und saugen wollte, mehr Macht für sie. Aber Hannah war nicht der Lieb-sie-und-verlass-sie-Typ. Nicht mit uns. Nicht mit irgendjemandem. Wenn sie nur eine Nacht wollte, wären wir die Männer, die sie ihr geben würden, aber sie wollte nicht nur das. Nein, sie wollte es alles, tief in ihrem Inneren, vergraben unter all ihren Sorgen, den Gesellschaftsregeln und anderen Schwierigkeiten, von denen wir keine Ahnung hatten. Wir mussten ihr einfach zeigen, wie gut es sein könnte. Mit uns. Ich dachte, wir hätten das getan, aber anscheinend nicht gut genug.

Dec und ich hatten alle unsere Hände damit voll, zu versuchen, sie vom Gegenteil zu überzeugen. Wir hatten von Anfang an gewusst, dass sie schreckhaft war – sie versuchte offenkundig, ihre Vergangenheit vor uns zu verbergen, aber ich hatte keine Ahnung warum. Dec war der Polizist. Er war derjenige, der es aus ihr rauskitzeln konnte und wenn nicht, dann vom Computer. Dies würde nicht leicht werden...aber es würde auf jeden Fall eine Menge Spaß machen.

„Wohin gehen wir?", fragte Hannah. Sie war zwischen uns in den Truck gekuschelt. Wir hatten auf unserem Weg aus der Stadt kurz bei ihrer Wohnung angehalten, damit sie ihre Kleidung wechseln konnte. Obwohl ich das schwarze Kleid an ihr liebte, brauchte sie im Hinterland doch Jeans und stabile Schuhe.

„Decs Familie gehört eine Hütte, ungefähr eine Stunde außerhalb", erzählte ich ihr. „Da du kein Auto hast, kommst du nicht aus der Stadt raus, um irgendetwas anderes zu sehen als die Blocks der Main Street. Wir dachten, es könnte nett sein, dir zu zeigen, wie Montana wirklich ist."

Dec warf mir grinsend einen Blick zu. Ich kannte diesen Blick. Er war glücklich. Und ich war es auch. Zur Hölle, wir hatten Hannah immer noch zwischen uns und wir hatten unsere Kleidung an. Sie war nicht nur ein kurzer Fick. Nein, wir mochten sie auf jede Weise, in der wir sie haben konnten.

Wir probierten nicht einmal die Tatsache zu verbergen, dass wir versuchten, sie für Bridgewater zu begeistern. Wir waren wie schmierige Gebrauchtwagenhändler, die versuchten eine Provision einzustreichen. Aber die Stadt verkaufte sich praktisch von selbst, solange man auf Kleinstadtszenen stand. Die umgebenden Berge schadeten auch nicht. Sie waren der Hauptanzugspunkt für die Leute, die hier lebten. Besonders in dieser Zeit des Jahres, in der das Gras leuchtend grün war und die Wildblumen die Wiesen bedeckten. Es gab so viel zu tun und wir wollten alles davon mit Hannah tun.

„Cara und ihre Ehemänner werden dort sein", sagte Dec.

„Sie hat mir eine SMS geschickt, dass sie die Nacht dort verbracht haben. Also wirst du eine Anstandsdame haben."

Vielleicht versuchte er, ihr die Nervosität zu nehmen, damit sie nicht dachte, dass wir sie entführen würden. Tatsächlich schien sie sich mit dieser Information ein wenig in ihrem Sitz zu entspannen.

„Ist es nach letzter Nacht nicht ein wenig zu spät für Anstandsdamen?", fragte sie, wobei Belustigung an ihren Mundwinkeln zupfte.

Als wir vor dem vertrauten, rustikalen Haus parkten, – seit wir uns kannten, hatte ich genauso viel Zeit wie Dec im Haus der MacDonalds verbracht – ließ uns der Geruch des Grills alle drei zur hinteren Veranda laufen, die den kleinen See überblickte.

Caras Gesicht hellte sich auf, als sie uns sah. Während Dec und ich zu Tyler und Mike gingen, um ihnen am Grill zu helfen, hüpfte sie zu Hannah und umarmte sie freudig. Wir beobachteten, wie sie miteinander redeten und lachten. Ich war froh, dass sie Cara mochte. Zur Hölle, es schien, dass sie jeden mochte, den sie im Diner traf. Die einzigen Leute, mit denen sie Schwierigkeiten hatte, waren wir. Natürlich hatte auch niemand anderes versucht, sie zu erobern.

„Sie wirkt, als ob sie hierher gehört", sagte Mike und reichte jedem von uns eine Dose Soda. Es war erst kurz vor Mittag, nicht unbedingt die Zeit für ein Bier. „Zum Teufel, sie gehört zu *euch*. Nach ihrem Gesichtsausdruck zu schließen, hattet ihr ein gute Nacht zusammen."

„Wir denken das Gleiche", antwortete Declan, wobei er nicht darauf einging, wie gut unsere Nacht wirklich gewesen war. „Sie ist die Einzige, die das noch nicht verstanden hat."

„Lasst ihr Zeit", riet uns Tyler, kam zu uns und schlug

mir auf die Schulter. „Du weißt, für einen Fremden ist es immer schwieriger, diese Lebensweise zu akzeptieren, als für diejenigen, die hinein geboren wurden. Hat sie nicht erst gestern davon erfahren?"

Dec und ich nickten und ich bemerkte, dass ich kein geduldiger Mann war. Als sich die Frauen zu uns gesellten, nahm ich Hannahs Hand und Dec ergriff die andere. Hannah errötete, aber sie versuchte nicht, sie zurückzuziehen. Es war zwar wenig, aber es war ein Anfang.

Dec zog sie zu den Stufen, die von der Veranda runter zum Gras führten. „Ich hatte gedacht, dass wir Hannah die Gegend ein wenig zeigen könnten, bevor wir zu Mittag essen."

Er schaute von mir zu Hannah und sie nickte begeistert. „Das würde mir gefallen."

Wir drei liefen zu dem Pfad, der sich um den See wand, aber hielten am Kai der Hütte an. Die MacDonalds hatten Kajaks, bewahrten sie jedoch in einem kleinen Schuppen auf, bis sie gebraucht wurden. Die Stelle hatte den eindrucksvollsten Blick auf die Berggipfel, die im Sonnenlicht fast lila wirkten. Die Höchsten waren sogar schneebedeckt.

Hannah stoppte und bewunderte alles.

„Nicht das, was du in Kalifornien siehst?", fragte ich.

Sie lachte. „Kaum. Es ist unglaublich. So friedlich."

Ein Greifvogel stieß hinab übers Wasser und sie zeigte darauf, als er sich zurück in die Lüfte und zu den Bäumen schwang. „Also, was macht ihr Jungs, wenn ihr hierherkommt?", wollte sie wissen.

„Na ja, das kommt darauf an", antwortete Dec, schlang seinen Arm um ihre Taille und hielt sie nah bei sich, während wir weiterhin einfach nur die Landschaft betrachteten. Wenn wir nicht bald zu Mittag essen würden, hätte ich ein paar Stühle zum Sitzen und Entspannen geholt. „Im Winter gehen wir Langlaufen und Schneeschuhlaufen."

Sie wandte sich zu mir. „Und im Sommer?"

Ich zuckte mit den Achseln. „Alles, was du willst. Kajak fahren, Fischen, Wandern – "

„Schießen", beendete Declan die Aufzählung.

Ich warf ihm über Hannahs Kopf einen Blick zu, da ich wusste, dass er das aus einem Grund gesagt hatte.

„Wir machen Schießübungen im Wald", fuhr er fort, „zum Spaß. Ich könnte dir zeigen, wie man schießt, wenn du möchtest. Ich habe es Cole beigebracht."

Ich verdrehte meine Augen. „Sagt der Polizist."

Sie schürzte ihre Lippen, dann runzelte sie die Stirn. „Ich bin nicht wirklich jemand für Schusswaffen."

Ich warf Dec einen fragenden Blick zu, aber er ignorierte mich.

Er benahm sich zu locker, als er hinzufügte: „Das ist verständlich. Aber ein paar Frauen wollen wissen, wie sie sich selbst beschützen können. Die *meisten* Frauen in Bridgewater haben eine Pistole in ihrer Handtasche." Er zuckte mit den Schultern, als ob es keinen Unterschied mache, aber sein Motiv war mir klar. Es war kein Geheimnis, dass sich Hannah vor irgendetwas – oder vielleicht jemandem – fürchtete. Dies war Declans unbeholfener Versuch, sie dazu zu bewegen, sich zu öffnen. Und wenn sie eine Waffe tragen wollte, damit sie nicht so schreckhaft wäre, wären wir die ersten, die ihr beibringen würden, wie man sie benutzt.

Es funktionierte nicht. Sie spitze für eine Sekunde gedankenverloren ihre Lippen, aber schüttelte dann den Kopf. „Danke für das Angebot, aber nein." Ihre Arme um sich selbst schlingend, rieb sie sie, um sich warm zu halten.

Ich zog sie weg von Dec und an meine Seite. „Ich bin dran."

Sie lehnte ihren Kopf an meine Schulter und lachte.

„Ihr habt euch im Kindergarten getroffen? Scheint als wärt ihr immer noch dort mit diesem Teilen Ding."

„Manche Dinge sind es wert, geteilt zu werden", erwiderte ich, ließ es sinken. „Kommt schon, lasst uns noch ein wenig laufen und dann zum Mittagessen gehen."

Dec gab seine Versuche, Hannah dazu zu bringen, sich zu öffnen, auf und dafür war ich dankbar. Er war im Moment kein Polizist und musste sich daran erinnern, dass sie nicht verhaftet worden war. Ich war zwar genauso neugierig wie er, warum Hannah so verschwiegen über ihre Leben vor Bridgewater war, aber sie zu drängen, würde uns auch nicht weiterbringen.

Das Mittagessen verlief entspannt und lustig. Hannah beim Lachen mit Cara und ihren Ehemännern zu zuhören, während wir auf der Veranda Burger aßen, zu beobachten, wie sie beim Aufräumen half und mit Dec über seine täglichen Pflichten auf dem Revier sprach...diese Frau passte dazu. Nicht nur zwischen uns ins Bett. In unser Leben. Zur Hölle, sie passte wahrscheinlich besser dazu, als ich es je hatte. Sie wirkte, als sei sie geboren worden, um hier zu sein, mit uns, in dieser perfekten kleinen Ecke der Welt. Wenn ihr leichtes Lachen und seltene Gesprächigkeit etwas waren, wonach man sich richten konnte, dann fühlte sie sich hier wohl. Vielleicht sogar zu Hause.

Allzu bald endete der Nachmittag – eine verdammte Schande, da ich zufällig wusste, dass das Schlafzimmer der Hütte ein übergroßes Bett hatte, in das wir alle drei sehr gut gepasst hätten. Aber Hannah hatte uns eine Nacht und einen Tag geschenkt und wir hatten versprochen sie rechtzeitig für ihre Abendschicht zurück in die Stadt zu bringen.

Und als ob sie zu enttäuschen nicht schon schlimm genug wäre, würde ich sicherlich nicht riskieren, Jessies Wut auf mich zu lenken, wenn es meine Schuld war, dass sie zu spät kam. Wir drei verabschiedeten uns von Cara und ihren Männern und kletterten zurück in den Truck. Hannah war auf der Rückfahrt zur Stadt nicht annähernd so gesprächig, aber sie hatte immer noch diese entspannte Ausstrahlung, die solch einen Wechsel von der nervösen Person, an die wir uns gewöhnt hatten, darstellte.

Auf halbem Weg entspannte sie sogar genug, um zusammenzusinken, ihren Kopf auf Declans Schulter zu legen und einzuschlafen. Ich rutschte auf meinem Sitz hin und her, als ich mich daran erinnerte, was wir alles mit ihr getan hatten, um sie so zu ermüden.

10

Cole

Es waren erst ein paar Stunden vergangen, seit wir Hannah bei ihrer Wohnung abgesetzt hatten, damit sie sich für ihre Abendschicht vorbereiten konnte, aber es juckte mich, sie wiederzusehen. Sie war wie eine Droge, sie macht süchtig. Ich brauchte meine Dosis. Ich parkte meinen Truck neben Declans SUV auf dem kleinen Parkplatz des Diners – es hatte sich von selbst verstanden, dass wir hier unser Abendessen einnehmen würden.

Ich sah sie in dem Moment, in dem ich durch die Tür lief. Sie war an einer Tischnische im hinteren Teil und brachte gerade Mr. und Mrs. Hardy ihre Mahlzeiten. Mr. Hardy war damals mit meinem Vater befreundet gewesen. Der ältere Mann führte immer noch seine Farm, obwohl ihm seine Tochter jetzt half und sie übernehmen würde, wenn er in Rente ging. Dec saß am Tresen und ich rutschte auf einen Stuhl neben ihn. Wir beobachteten beide, wie

Hannah mit schmutzigem Geschirr zurückkam und es in eine Plastikwanne legte. Sich umdrehend, bemerkte sie, dass der Kaffee fast leer war und holte die Packung, um eine neue Kanne aufzusetzen. „Wie geht's unserem Mädel?"

Dec blickte mit einem wölfischen Grinsen zu mir. „Sie tut so, als ob die letzten vierundzwanzig Stunden nie geschehen wären."

„Huh." Meine Antwort war irgendetwas zwischen einem Lachen und einem Seufzen. Ich konnte nicht behaupten, ich wäre überrascht. Wir hatten von Anfang an gewusst, dass sie sich gegen die Idee von etwas, das mehr als ein One-Night-Stand war, sträuben würde, aber jetzt da wir ohne Zweifel wussten, dass sie die Eine für uns war, war ich ein wenig enttäuscht. Letzte Nacht, zur Hölle, sogar dieser Morgen und unsere Zeit mit Cara und ihren Ehemännern waren unglaublich gewesen. Es gab eine Verbindung, die weit über eine gute Chemie hinausreichte. Ich wusste es. Dec wusste es. Hannah wusste es auch, aber sie weigerte sich, es zuzugeben.

Sie hatte meine Ankunft nicht bemerkt und gerade als ich ihr ein Hallo zu rufen wollte, klirrten im hinteren Teil des Diners Teller auf den Boden.

„Hilfe, er erstickt", schrie Mrs. Hardy.

Jeder im Laden stürzte sich auf einmal in Aktion, einschließlich mir und Dec. Obwohl er keinen Dienst hatte, hatte er seinen Funk. Ich hörte, wie er einen Krankenwagen rief, als wir den hinteren Tisch erreichten, wo Mr. Hardy stand und seine Kehle umklammerte, während sein Gesicht einen furchtbaren Lilaton annahm. Panik lag in seinen Augen und er versuchte verzweifelt zu atmen, aber kein Geräusch erklang. Sam Kane war bereits hinter ihm, versuchte das Heimlich-Manöver anzuwenden, wobei seine Hände die Mitte des älteren Mannes umschlossen und er sie so hart zurückdrückte, wie es das Manöver erforderte. Sam war stark und selbst seine Bemühungen entfernten nicht die Blockade. Plötzlich wurde Mr. Hardy ohnmächtig und brach in Sams Griff zusammen. Dieser legte den Mann auf den Boden. Wir anderen standen um ihn herum, wussten nicht, was nun zu tun sei.

Scheiße, ich hatte mich noch nie in meinem Leben nutzloser gefühlt und ich war mir sicher, jedem anderen erging es genauso. Ich fuhr mit der Hand über meine Haare, während ich auf den Familienfreund in Schwierigkeiten starrte. Es gab nichts, das wir tun konnten, bis der Krankenwagen kam, außer zu beten, dass es nicht zu spät sein würde. Ich kannte Wiederbelebungsmaßnahmen und das Heimlich-Manöver und wenn die Luftröhre nicht frei war, gab es keinen Weg, ihn zu retten.

Mrs. Hardys Finger lagen auf ihren Lippen. Sie weinte nicht, aber sie schien zu geschockt, um etwas anderes zu tun, als zu starren.

„Aus dem Weg." Ich erkannte kaum Hannahs Stimme, als sie mich zur Seite schob und sich einen Weg durch die Menge an Gästen drückte, die Mr. Hardy umringten.

Ich streckte reflexartig meine Hand aus, um sie von dem Gewühl fernzuhalten. „Hannah, was machst du – "

Sie warf mir einen finsteren Blick zu, während sie mich abschüttelte. „Lass mich zu ihm. Ich kann helfen."

Schock brachte mich dazu, meine Hand von ihrem Arm fallen zu lassen. Ich erkannte die Frau vor mir kaum. Die schreckhafte Kellnerin war verschwunden. An ihre Stelle war eine Frau mit so viel Selbstvertrauen getreten, dass ich schwören könnte, sie wäre einen Fuß größer geworden. Sie war der Inbegriff von Ruhe, als sie weiter auf den Mann zu ging und die Leute nicht gerade sanft aus ihrem Weg stieß, als ob sie in ihrem früheren Leben ein Rausschmeißer gewesen wäre.

Sie befahl Sam aus dem Weg zu gehen und sank direkt neben dem Kopf des bewusstlosen Mannes auf die Knie. Sie legte einige Dinge auf dessen, sich nicht bewegende, Brust. Ein Strohhalm...und ein Messer. Ein scharfes kleines Schälmesser, das verwendet wurde, um Früchte zu schneiden.

Was zur Hölle?

Das war genug, um mich aus meiner Schockstarre zu reisen und ich folgte Hannahs Pfad durch die Zuschauer und zu Mr. Hardy, Dec genau hinter mir. Zu der Zeit, in der wir ihre Seite erreichten, lagen ihre Finger auf seiner Halsschlagader, dann glitten sie hoch, um in der Nähe seines Adamapfels über seinen Hals zu tasten.

„Hannah", sagte Dec. Falls sie ihn gehört hatte, zeigte sie keine Anzeichen, dass es der Fall war. Sie war konzentriert auf ihre Arbeit, ihre Lippen zu einer dünnen Linie zusammengepresst.

Anscheinend hatte sie gefunden, wonach sie gesucht hatte. Einen Finger auf seiner Kehle haltend, griff sie nach dem Messer. Ich bewegte mich vorwärts, bereit sie am Arm zu packen, wenn es nötig werden sollte. „Hannah, was zur Hölle tust du da?"

Als sie aufschaute, war sie ruhig – ruhiger als jeder andere im Diner. Ihr Blick traf meinen. „Ich rette diesem Mann das Leben. Wenn du nicht willst, dass er stirbt, trittst du jetzt zurück."

Sie meinte es ernst. Ich ertappte mich dabei, wie ich einen Schritt zurücktrat, als ich ihre Worte begriff. Ich schaute zu Dec und entdeckte den gleichen Schock auf seinem Gesicht, aber er versuchte nicht, sie aufzuhalten. Wir beobachteten sprachlos, wie sie langsam, aber selbstbewusst, das Messer auf seinen Hals legte, nach unten drückte und einen Schlitz schnitt.

Sie schien das Keuchen und die kleinen Schreie des Horrors derjenigen, die sich um sie drängten, nicht zu hören. Ruhig und mit sicheren Händen nutzte sie einen Finger, um den Schnitt zu öffnen, griff nach dem Strohhalm und steckte ihn in das kleine Loch.

Sich über ihn beugend, pustete sie in den Strohhalm und die Wirkung setzte sofort ein. Durch sein Schottenhemd konnte ich sehen, wie sich seine Brust hob, nur ein bisschen, aber genug, um zu beweisen, dass Luft in seine Lungen gelang. Hannah legte ihre blutigen Finger auf seinen Hals, fühlte nach dem Puls. Er musste einen gehabt haben, denn sie begann keine Herz-Lungen-Reanimation, sondern fuhr einfach mit ihren Beatmungsmaßnahmen fort.

Rettungssanitäter eilten mit einer Krankentrage in das Diner, während diese verdammten Glocken über der Eingangstür wie wild klingelten und die angespannte Stille durchbrachen, die sich über die Menge gelegt hatte, als sie die neue Kellnerin dabei beobachtet hatten, wie sie dem Mann das Leben gerettet hatte.

„Alles klare Leute", sagte Dec mit lauter Stimme, „lasst sie durch. Beeilt euch bitte."

Die Menge trat zurück, erlaubte den Sanitätern zu Mr. Hardy zu gelangen. Als sie sahen, dass Hannah ihn durch einen Strohhalm beatmete, zog eine von ihnen ein Stück elastisches Rohr aus ihrer Tasche. Hannah rutschte auf ihren Knien zurück, damit die Frau den Strohhalm gegen die stabilere Version austauschen konnte, während der andere Sanitäter den Sauerstoff anschloss und anfing den Beatmungsbeutel zu verwenden, um ihm die Luft zu geben, die er brauchte. Ich hörte zu, als Hannah dem Mann/Frau

Team des Notfalldienstes Bericht erstattete. Sie klang nicht wie eine Ersthelferin. Zur Hölle, sie klang nicht mal wie eine Sanitäterin. Sie klang wie eine Ärztin. Verhielt sich auch wie eine.

Dec und Sam halfen, Mr. Hardy auf die Trage zu heben, während die Sanitäter ihn weiter beatmeten. Sie blieben nicht lange, sondern rollten ihn schnell aus dem Restaurant, begleitet von einer stoischen Mrs. Hardy. Aber meine Augen wanden sich nie von Hannah, die dastand und ihren Abgang beobachtete. Dec ging mit den Sanitätern, jetzt zu sehr im Polizisten Modus, um sich darum zu scheren, was verdammt nochmal mit dieser Frau los war.

Nachdem sie gegangen waren und die Gäste begonnen hatten, an ihre Tische zurückzukehren, bückte sich Hannah, um das Messer aufzuheben und fing an mit einem Lumpen, den ihr Jessie gegeben hatte, das Blut vom Boden zu wischen. Ihre Finger waren auch blutbedeckt.

Diese andere Seite von Hannah zu sehen - legte einen Schalter in mir um. Sie war entweder eine Sanitäterin oder eine verdammte Ärztin. Auf keinen Fall wusste ein Durchschnittsmensch, wie man das tat, was sie gerade gemacht hatte. Sie hatte gesagt, sie wäre nach Stanford gegangen, aber nicht mehr. Offensichtlich war da eine Menge mehr.

Ich wusste nicht, was ich damit anfangen sollte, nur dass sie diesen Teil von sich vor uns versteckt hatte. Einen sehr großen Teil. Warum würde sie das tun? Was hatte sie getan, dass sie dazu veranlasste, dies geheim zu halten? Was war ihr Plan? Sie hatte gelogen oder zumindest durch Auslassung gelogen und ich konnte das nicht ertragen. Genau wie Courtney, die Schlampe einer Stiefmutter, hatte uns diese Frau von Anfang an etwas vorgemacht, hatte so getan, als sei sie etwas, das sie nicht war.

Sie hatte uns zum Narren gehalten.

Ich setzte mich neben sie auf den Boden, legte meine Hand auf ihren Arm, der Griff fest. Sie schaute runter auf die Stelle, wo ich sie berührte und dann zurück zu mir, ihre Augen geweitet vor Überraschung. Ich hätte die Wut nicht aus meiner Stimme halten können, selbst wenn ich es versucht hätte. „Du bist keine Kellnerin", sagte ich. „Also was zur Hölle bist du?"

Sie riss sich los, stolperte auf ihre Füße, das blutige Messer schlaf in einer Hand, den rot befleckten Lumpen in der anderen. Ich stand auch auf und sie trat so schnell von mir zurück, dass sie gegen einen leeren Tisch stieß und das Besteck zerstreute. „Ich – Ich bin Hannah Lauren."

Ihre Augen waren weit aufgerissen und leicht flehend, als ob sie davor entkommen könnte, Fragen zu beantworten, indem sie die Jungfrau in Nöten spielte. Sie mochte vielleicht das Leben des Mannes gerettet haben, aber sie hatte es vermasselt. Hatte sich selbst verraten. Ich hatte Frauen wie Hannah gekannt – wunderschön und zu klug für ihr eigenes Wohl. Offensichtlich hatte sie einen Plan – sie spielte irgendein Spiel mit uns. Warum würde sie sonst so viele Geheimnis vor uns haben und uns über ihre Vergangenheit anlügen?

„Was hast du vor? Was willst du von uns?"

Meine schlimmsten Ängste drohten mich zu überwältigen. Das war genau das, was ich versucht hatte zu vermeiden, seit mein Vater von meiner Stiefmutter übers Ohr gezogen worden war. Ich hätte es kommen sehen sollen. Hannah schien zu gut, um wahr zu sein – süß, klug, hinreißend. Natürlich plante sie etwas.

Ein neuer Gedanke durchzuckte mich, ließ mich rotsehen. Vielleicht hatte sie uns die ganze Zeit verarscht. Nach allem, was wir wussten, konnte sie auch eine

Abzockerin sein. Zur Hölle, sie könnte einfach nur mit uns Sex gehabt haben, um an unser Geld ranzukommen. An meine Farm. „Ist das der Grund, warum du letzte Nacht mit uns geschlafen hast? Hast du geglaubt, du könntest einen Gewinn daraus schlagen? Meinen Schwanz reiten und mich dann dazu bringen, dir zu geben, was auch immer du willst?"

Ihre Augen wurden noch größer und sie wischte ihre noch immer blutigen Hände an ihrer weißen Schürze ab, hinterließ rote Streifen. „Ich will gar nichts."

Lügnerin. Sie war von Anfang an der Wahrheit ausgewichen, also warum zur Hölle, sollte ich jetzt ihrem Wort trauen? Ich machte einen Schritt auf sie zu und beugte mich vor, so dass sie mir in die Augen sehen musste. Ich sah das Aufflackern von Angst in ihren grünen Augen. „Ich kann Lügner nicht stillschweigend dulden, Hannah. Ich weiß nicht, was du vorhast oder warum du wirklich in Bridgewater bist, aber du wirst damit nicht durchkommen, welches Spiel auch immer du treibst."

11

Hannah

Ich hatte in den vierundzwanzig Stunden seit dem Notfall nichts von Declan oder Cole gehört. Was ein toller Moment hätte sein sollen, – jemand hatte Jessie angerufen und ihr mitgeteilt, dass der Mann wieder gesund werden würde – hatte sich schnell in etwas Schreckliches verwandelt. Ich war natürlich froh, dass ich das Leben des Mannes gerettet hatte und für einen Moment war es schön gewesen, wieder diesen Adrenalinrausch zu fühlen, das Wissen zu haben, dass ich in der perfekten Position war, um jemandem zu helfen. Das war, wofür ich ausgebildet worden war - Leuten zu helfen. Aber dieses flüchtige Gefühl der Euphorie war nach meinem Streit mit Cole schnell verflogen.

Ich hatte seine harsche Reaktion nicht erwartet, aber zur gleichen Zeit konnte ich ihm auch kaum Vorwürfe machen. Er und Declan waren von Anfang an aufrichtig mit mir gewesen. Ehrlich. Sie hatten deutlich gemacht, dass sie mich wollten und zwar nicht nur für eine Nacht. Sie wollten, dass ich die Eine wäre. Ihre Frau.

Ich hatte es gewusst, hatte die Tiefe ihrer Absichten gekannt, aber ich hatte trotzdem angenommen, dass es nur ein Schäferstündchen sein würde. Ein schnelles, heißes Stelldichein mit zwei Cowboys. Oder für sie, eine wilde Nacht mit der neuen Kellnerin. Nicht mehr. Aber Cole war verärgert gewesen. Nein, wütend. Wenn er nur auf einen schnellen Fick und nicht mehr aus gewesen wäre, hätte es ihn nicht gekümmert. Dann hätte er mich nicht so sehr gehasst.

Und wenn mir die zwei nicht viel wichtiger wären, als ich mir jemals hatte träumen können, dann wäre ich nicht so aufgebracht. Ich hatte ihn verletzt. Nicht bewusst, aber ich hatte es getan. Er hielt mich für hinterhältig oder für eine Frau, die nur auf Geld aus ist. Oder Schlimmeres. Ich hatte nur wegen Brad etwas wirklich Gutes ruiniert.

Möge er in der Hölle schmoren!

Meine Brust schmerzte und ich kämpfte bittere Tränen zurück. Ich hatte Cole gestern die Wahrheit erzählen wollen, aber wie hätte ich das tun können? Wenn es sich herumsprechen würde, dass ich hier war und Brad fand mich...dann wäre nicht nur ich in Gefahr. Er würde auch Declan und Cole ins Visier nehmen. Sogar Jessie.

Ich wischte einen leeren Tisch mit zitternden Händen ab. Die Ungerechtigkeit des Ganzen weckte in mir den Wunsch zu schreien, aber ich musste meine Emotionen unter Verschluss halten. Ich war, dank des improvisierten Luftröhrenschnittes, ohnehin schon das Objekt vieler forschender Blicke. Jessie sah mich seitdem seltsam an, ganz zu schweigen von dem dummen Gaffen meiner Kunden.

Dinge sprachen sich in Bridgewater schnell herum und eine provisorische Operation auf dem Boden des

Lieblingsdiners der Stadt? Ich war mir ziemlich sicher, dass sich die Neuigkeit darüber, was passiert war, in der ganzen Stadt herumgesprochen hatte, bevor der Krankenwagen den Ort des Geschehens überhaupt verlassen hatte.

Ich hatte kaum ein Auge zugemacht, weil ich alles noch einmal durchlebt hatte. Die wilde Nacht, den folgenden Morgen, das Picknick, den Luftröhrenschnitt, den wütenden Ausdruck auf Coles Gesicht. Sogar in meinem dunklen Schlafzimmer mit geschlossenen Augen sah ich es deutlich. Hörte seine verletzenden Worte.

Ist das der Grund, warum du letzte Nacht mit uns geschlafen hast? Hast du geglaubt, du könntest einen Gewinn daraus schlagen? Meinen Schwanz reiten und mich dann dazu bringen, dir zu geben, was auch immer du willst?

Erschöpft hatte ich versucht während dem Ansturm auf das Mittagessen das Lächeln auf meinem Gesicht zu behalten, aber es war mit jeder Stunde schwieriger geworden. Es wurde zunehmend deutlich, dass Declan und Cole nicht kommen, nicht lächeln und nicht mit mir flirten würden. Sie würden mich nicht noch einmal um ein Date bitten. Ich hatte mich davor gefürchtet Cole wiederzusehen...aber zur gleichen Zeit sehnte ich mich danach, ihn wiederzusehen, zu beobachten, wie er mir zu zwinkerte und mir dieses schiefe Lächeln schenkte.

Nein. Ich würde das nicht wiedersehen. Er war so wütend gewesen – und so sicher, dass ich Hintergedanken hegte. Ich fühlte mich krank nur, weil ich wusste, dass er dachte, ich hätte wegen einer Art Spiel mit ihnen geschlafen. Dachte Declan das auch? Ich hatte keine Möglichkeit das herauszufinden und so sehr ich auch alles erklären wollte, konnte ich es nicht. Ich musste dafür sorgen, dass sie sicher waren. Mir waren meine Hände gebunden.

Ich verweilte an der Tischplatte, schrubbte die Oberfläche noch weiter, selbst nachdem sie sauber war. Ich konnte mich nicht dazu bringen, den anderen Kunden gegenüberzutreten, bis ich meine Emotionen unter Kontrolle hatte. Ich sollte nicht so aufgebracht darüber sein, dass ich die Zuneigung von zwei Männern, die ich kaum kannte, verloren hatte. Es hatte sowieso nur ein One-Night-Stand sein sollen.

Außer, dass es keiner gewesen war. Oh, ich könnte mir selbst einreden, dass es nur zum Spaß gewesen war – der Reiz des Neuen – aber ich hätte mich nur selbst belogen. Denn ich hatte angefangen, diese Männer zu mögen. Mehr als sie nur zu mögen, wenn ich vollkommen ehrlich war. Da war von Anfang an eine Verbindung zwischen uns dreien gewesen und mit ihnen zu schlafen, hatte das noch so viel realer gemacht. Es hatte bestärkt, was ich ohnehin schon gefühlt hatte. Dass das, was wir hatten, mehr als ein Liebesabenteuer war…oder zumindest hatte ich begonnen zu hoffen, dass das der Fall war.

Diese zwei Männer waren freundlicher zu mir gewesen als jeder andere, den ich kannte. Die Art wie sie mich anschauten, wie sie sich um mich kümmerten…es war so anders als meine Beziehung mit Brad, es gab keinen Vergleich. Es hätte eine Beziehung für die Ewigkeit werden können.

Aber jetzt hatte ich ihr Vertrauen verloren. Welche Verbindung wir auch immer gehabt hatten, sie war eindeutig zerbrochen. Vielleicht war das zum Besten. Ich musste mich darauf konzentrieren, vor Brad versteckt zu bleiben – das war alles, worauf es ankam. Wenn er erst einmal für immer aus meinem Leben verschwunden war und ich wusste, dass ich sicher war, dass jeder um mich herum es auch sein würde, dann könnte ich mich darauf konzentrieren eine neue Beziehung zu finden. Aber in der Zwischenzeit konnte ich niemand anderen in meine Probleme mit reinziehen. Niemand verdiente das, am allerwenigsten Cole und Declan.

„Mädchen, wenn du noch stärker schrubbst, wirst du die Politur beschädigen." Jessie lachte, während sie das sagte und ich drehte mich zu ihr, um ihr meine beste Imitation eines Lächelns zu schenken.

„Entschuldige, ich schätze, ich war ein wenig abgelenkt."

Jessies Lächeln war verständnisvoll, als ob sie eine Ahnung hätte, was ich durchmachte. Sie klopfte auf einen der Barhocker vor dem Tresen, während sie dahinter ging, um die Zuckerpäckchen für die Diner Gäste aufzufüllen. „Setz dich. Deine Schicht ist fast vorbei und du siehst erschöpft aus."

Ich konnte das nicht abstreiten. Ich wollte die Decke über meinen Kopf ziehen und für eine Woche schlafen, aber ich wusste, dass die Probleme weiterhin bestehen würden.

„Was du gestern getan hast...", Jessie schüttelte ihren Kopf und stellte ein Glas Wasser vor mich, „das war unglaublich."

Ich schaute auf das Glas, unfähig in ihre Augen zu blicken. Sie hatte mich nicht direkt gefragt, woher ich wusste, wie man einfach so einen Luftröhrenschnitt durchführte, aber die Frage hing in der Luft und ich wusste, sie wollte es unbedingt wissen. Das war die lustige Sache an dieser Stadt – auch wenn die Einwohner für Klatsch und Tratsch lebten, respektierten sie die Privatsphäre einer Person. Aber ich schätzte, ich schuldete es ihr, ihr irgendetwas zu verraten. Schließlich war sie ein Risiko eingegangen, als sie mir den Job und die Wohnung gegeben hatte. Sie hatte sich für Cole und Declan verbürgt. Immer noch auf mein Wasserglas starrend, murmelte ich: „Ich hatte eine medizinische Ausbildung."

Sie stieß ein schnaubendes Lachen aus. „Ja, das habe ich mir gedacht. Was ich nicht verstehen kann, ist, warum du hier als Kellnerin arbeitest, wenn du einen Hintergrund in der Medizin hast."

Wieder war es keine Frage, so dass ich mich nicht dazu verpflichtet fühlte zu antworten. Das zu erklären, würde bedeuten, dass ich ihr alles erzählen müsste und das war zu gefährlich.

Nach einer kurzen Pause schien Jessie zu akzeptieren, dass ich ihr so schnell keine Erklärung geben würde. Stattdessen wechselte sie das Thema. „Weißt du, Robert Murphy hat vor bald in Rente zu gehen."

Ich blickte zu ihr auf. Ihre Hände reihten geschickt die kleinen weißen Päckchen auf und stopften sie dann in eine Plastikschale. „Wer ist Robert Murphy?"

„Der Stadtarzt." Sie versagte kläglich darin, Unschuld vorzugaukeln, während sie die Schale mit den Extras zurück unter den Tresen schob. „Er hat zufällig erwähnt, dass er nach einer Halbtageskraft sucht, die ihm in der Praxis hilft, bis er einen Ersatz findet."

Bridgewater brauchte einen neuen Stadtarzt?

„Oh wirklich?" Ich versuchte nicht zu interessiert zu klingen, aber meine Gedanken sprangen bereits voraus zu den Möglichkeiten. Was, wenn ich seine Praxis übernahm? Ich könnte meinen Traumberuf ausüben und immer noch in Bridgewater mit Cole und Declan bleiben. Vorausgesetzt, dass sie mich noch immer wollten. Nein, sie wollten mich nicht. Sie waren nicht im Diner, oder nicht? Es war vorbei. Es war nur ein Liebesabenteuer gewesen, genauso wie ich es gewollt hatte. Etwas von meiner Begeisterung verflog bei diesem Gedanken.

„Robert erwähnte, dass du gut passen könntest", fuhr Jessie fort, während sie die Salzstreuer auf dem Tresen überprüfte und einen hochhob, der aufgefüllt werden musste.

Ich schaute überrascht hoch. „Das hat er? Wann war das?"

Jessie grinste. „Beim Frühstück. Er kommt fast jeden Morgen für sein Eiweißomlett. Du hast ihn nie getroffen, weil du da keinen Dienst hast."

Ich konnte nicht anders als Lachen. „Ich wusste, dass sich die Dinge hier schnell herumsprechen, aber ich kann nicht fassen, dass ein Mann, den ich noch nicht einmal getroffen habe, in weniger als einem Tag davon gehört hat und mich einstellen möchte."

Ihre Augen weiteten sich. „Davon gehört hat? Was du getan hast? Junge Dame hast du es nicht gesehen?"

Meine Stirn legte sich in Falten. „Was gesehen?"

Jessie bückte sich, um unter den Tresen zu greifen. „Ich hatte angenommen, du hättest es gesehen, sonst hätte ich es dir als erstes gezeigt. Ich kann nicht fassen, dass es dir noch niemand erzählt hat."

„Sollte ich wissen, worüber du redest?"

Jessie stellte sich aufrecht hin und hielt triumphierend eine Zeitung hoch. Ihr Lächeln vertiefte sich, als sie sie mir reichte. „Sieh selbst nach. Du bist berühmt."

Mein Magen sank, bevor ich es überhaupt sah. Ich konnte das Blut in meinen Ohren rauschen hören, als ich mit tauben Fingern nach der Zeitung griff, aber ich wusste, was kommen würde. Dennoch war es ein Schock die Titelseite mit meinen eigenen Augen zu sehen.

Einheimische Kellnerin rettet erstickenden Mann.

Ich überflog den Artikel schnell und sah meinen Namen, Hannah Lauren. Das konnte nicht sein. Wenn Brad nach mir suchte, und ich war mir sicher, dass er das tat, würde das seine Aufmerksamkeit wecken. Er würde nach Hannah Lauren Winters suchen und wenn Hannah Lauren in einer seiner Suchen auftauchte – nicht zu erwähnen eine Hannah Lauren, die eine kleinere Operation durchführen konnte – würde er es sehen. Er würde es wissen.

Oh Gott, das konnte nicht sein. Nicht nach allem, was ich getan hatte, um ihm zu entkommen und von vorne anzufangen. Und warum hatte ich nicht mehr an meinem Namen geändert? Ich war so dumm gewesen! Ich war so lange unter dem Radar geblieben. Keine Kreditkarten, keine Bankautomaten. Ich hatte nichts getan, wodurch ich in irgendeiner finanziellen Suche aufgetaucht wäre. Nur ein Zeitungsartikel und mein lumpiger Versuch, mich zu verstecken, war zerstört. Ich war klug genug, um eine Ärztin zu sein, ich hätte klug genug sein sollen, mich vor einem gefährlichen Ex zu verbergen.

Ich war zwar gebildet, aber Brad besaß Bauernschläue und das war gefährlich. Richtig gefährlich. Er würde mich finden. Ein Schluchzer stieg in meiner Kehle auf und ich schlug meine Hand über den Mund, um ihn aufzuhalten.

„Hannah?", fragte Jessie, „Hannah, meine Liebe, bist du in Ordnung?"

Ich konnte mich nicht dazu bringen, zu antworten. Wenn ich probieren würde zu sprechen, würde ich anfangen zu weinen. Und wenn ich erst einmal begonnen hatte, würde ich vielleicht nie mehr aufhören. Es war vorbei. Dieses neue Leben, das ich mir aufgebaut hatte – ein neues Leben, das zwei Männer, die mir wichtig waren, beinhaltete – es war an der Zeit, es aufzugeben. Zeit für einen Neuanfang. Ich musste gehen. Ich konnte nicht hier in Bridgewater bleiben, wo Brad mich und alle anderen finden könnte.

„Ich bin okay. Entschuldige, ich bin müde." Es war harte Arbeit ein Lächeln vorzutäuschen, aber ich schaffte es. Ich stand auf. „Wenn du hier zurechtkommst, werde ich gehen und ein Nickerchen machen."

„Sicher, meine Liebe", entgegnete sie.

Ich ging zur Tür und um die Seite des Gebäudes, erklomm die Stufen zu meiner Wohnung. Ich hatte nicht viel eingepackt, als ich aus Kalifornien geflohen war, aber ich hatte alles, was ich brauchte, wo auch immer ich hingehen würde. Osten vielleicht. Oder Süden, wo es im kommenden Herbst wärmer sein würde. Ich konnte nicht zu Jessie, zu irgendjemandem auf Wiedersehen sagen. Ich dachte an Declan und Cole. Vielleicht war es zum Besten, dass sie die Idee überwunden hatten, dass ich dafür bestimmt gewesen war, mit ihnen zusammen zu sein. Besonders nachdem ich mich nicht von ihnen verabschieden würde. Ihr Verdacht, dass ich sie nur für einen Quickie gewollt hatte, würde dadurch bestätigt werden. Liebe sie und verlasse sie Hannah. Ja, das war ich. Zumindest war ich es jetzt.

12

Cole

Mein Kopf pochte, aber das hielt Dec nicht davon ab, mir die Hölle heiß zu machen. Nachdem ich Hannah am Vortag im Diner hatte stehen lassen, war ich so sauer gewesen, dass ich nach Hause gegangen war und eine Flasche Whiskey getrunken hatte, etwas, das ich seit dem College nicht getan hatte. Jetzt bezahlte ich dafür; nicht nur für das Trinken, sondern auch für die Art, wie ich Hannah angeschrien hatte.

Dec war im Krankenhaus in Bozeman und dann mit seiner Arbeit aufgehalten worden, so dass ich erst diesen Morgen eine Gelegenheit gehabt hatte, ihm von den gestrigen Ereignissen zu erzählen. Wir hatten vorgehabt, Hannah wie üblich zum Mittagessen zu besuchen, aber wir hatten angefangen zu streiten und hatten nicht aufgehört.

Natürlich war Dec nicht zufrieden mit meiner weniger als vergebenden Haltung. Nein, er war stinksauer.

„Ich kann nicht fassen, dass du ihr gesagt hast, wir wären fertig mit ihr, ohne ihre eine Chance zu geben, alles zu erklären."

Ich zuckte zusammen, als ich es so formuliert hörte. Mein Magen drehte sich um und es war nicht wegen des Whiskeys.

„Ich habe nicht gesagt, dass wir mit ihr fertig wären."

Sein Seufzer war voller Abscheu. „Du hättest es genauso gut tun können." Er schlug fest mit der Hand gegen die Wand und ich schreckte zusammen. Mein Schädel tat so weh, dass ich glaubte, er würde jeden Moment explodieren. Ich ging zum Küchenschrank, zog die Aspirin-Packung heraus, schmiss mir ein paar in den Mund und hielt meinen Kopf unter das Waschbecken, um sie runterzuspülen.

„Meine Güte, Cole, wir sollten diese Frau davon überzeugen, das sie auf uns zählen kann. Dass man uns vertrauen kann – "

„*Uns* kann man vertrauen. Was ist mit ihr? Anstatt mich zur Sau zu machen, sollten wir uns eher damit beschäftigen, ob man *ihr* vertrauen kann."

Der Blick, den er mir zuwarf, war schon fast mitleidig. „Ich weiß, du hast Vertrauensprobleme mit Frauen – "

Ich ließ bei dieser Untertreibung ein kurzes, humorloses Lachen verlauten, fuhr mit der Hand über mein Gesicht, fühlte die Bartstoppeln, die einen Tag zu lang waren. 'Vertrauensprobleme' war eine milde Umschreibung. „Kannst du es mir vorwerfen?"

Er schüttelte seinen Kopf. „Natürlich nicht."

Ich wusste, dass er die Wahrheit sprach. Er war während der schlimmsten Zeit dagewesen. Als mein bester Freund hatte er hautnah miterlebt, wie mein Dad Courtney zum ersten Mal getroffen und in unser Leben gebracht hatte. Er hatte mit eigenen Augen gesehen, was für eine

Schwindlerin und wie manipulierend sie sein konnte. Schlimmer, er hatte beobachtet, wie mein Vater darauf reinfiel. Er war ein Trottel gewesen und hatte am Ende mit seinem Leben dafür bezahlt. „Ich werde den Fehler meines Vaters nicht wiederholen."

Dec nickte verständnisvoll. „Ich verstehe das, Cole. Aber es gibt Misstrauen und es gibt schlicht und einfach Dummheit. Hannah ist nicht Courtney. Zur Hölle, sie ist überhaupt nicht wie sie."

Ich öffnete meinen Mund, um zu protestieren, aber er hob eine Hand hoch, um mich zum Schweigen zu bringen. „Glaubst du wirklich, dass sie ausgerechnet hierher nach Bridegwater kam, weil sie nach ein paar Typen suchte, die sie verarschen könnte?"

Meine Arme vor der Brust verschränkend starrte ich meinen besten Freund finster an. Wenn er es so sagte...

„Und wenn sie hier wäre, um Leute reinzulegen, warum rettet sie dann irgendeinen erstickenden Mann mit einem Luftröhrenschnitt auf dem Fußboden des Diners?" Seine Stimme hob sich vor Frustration.

„Vielleicht hast du recht", gab ich widerwillig zu. Mein Mund fühlte sich an, als wäre eine Ratte darin gestorben. Ich ging zum Kühlschrank, fand eine Orangensaftpackung und kippte mir ein wenig davon in den Rachen. Ich war nicht mehr sauer auf ihn. Ich war sauer auf mich selbst. Ich wischte mit der Hand über meine Lippen. „Aber sie verheimlicht etwas."

Declan schenkte mir ein müdes Seufzen, plumpste auf einen meiner Küchenstühle, streckte seine Beine aus. „Natürlich verheimlicht sie etwas. Wir wussten das von Anfang an. Sie war verschreckt, nervös mit uns und nicht, weil wir sie wollten. Zu diesem Zeitpunkt wissen wir nur mit Sicherheit, dass sie eine medizinische Ausbildung verheimlicht – nicht gerade ein belastender Beweis dafür, dass sie nur auf Geld aus ist wie deine Stiefmutter."

„Na gut, sie ist eine Sanitäterin oder eine Ärztin. Vielleicht sogar eine Krankenschwester. Sie würde nicht einfach hierherkommen, um die Tatsache zu verbergen, dass sie diesen Mist kennt. Was verheimlicht sie wirklich?"

Schuld nagte an mir, als er mit seinen Worten ins Schwarze traf. Tief in mir war ich zu dem gleichen Schluss gekommen, aber manchmal trübte mein Hass auf Courtney mein Urteilsvermögen. Obwohl sie in Florida mit dem Geld meines Dads lebte, setzte sie mir immer noch übel zu. Aber dieses Mal war es meine Schuld, weil ich ihren Mist nicht hinter mir gelassen hatte. Ich hatte ein schreckliches Gefühl im Magen...als hätte ich einen furchtbaren Fehler gemacht. Ich konnte das, was ich zu Hannah gesagt hatte, nicht auf den Whiskey schieben.

„Ich weiß nicht, was es ist, aber etwas sagt mir, dass sie Angst hat." Declan schüttelte seinen Kopf. „Hast du nicht bemerkt, wie sie vor unseren Berührungen zurückgezuckt ist, als wir sie trafen? Oder die Angst in ihren Augen, als sie hier ankam?"

Ich hatte es bemerkt. Wir beide hatten es. Wir hatten sogar darüber geredet. Aber ich hatte es am Vortag in meiner Wut darüber, hinters Licht geführt worden zu sein, völlig vergessen. Jetzt bemerkte ich, dass ich nicht zum Narren gehalten worden war. Ich war einfach nur ein Narr.

Scheiße. Ich schuldete Hannah eine Entschuldigung. Ich hoffte nur, dass ich nicht zu spät kommen würde.

Mein Telefon unterbrach unser Gesprächs. Ich schnappte es mir vom Couchtisch. „Jessie? Beruhig dich, was ist los?"

Dec kam ins Zimmer, beugte sich in einem Versuch, zu hören, was sie sagte, zu mir.

Sie erzählte mir, dass ich zum Diner kommen müsste – sagte, ich müsse mit Hannah reden, was auch immer das bedeutete. Ich legte auf und wiederholte alles für Dec, während ich meine Autoschlüssel schnappte und zur Tür lief. Da bemerkte ich, dass ich keine Schuhe anhatte, ich fluchte und machte mich auf, sie zu suchen.

„Willst du, dass ich mit dir komme?"

Ich schüttelte meinen Kopf, setzte mich auf die Bank im Vorraum, zog meinen ersten Stiefel an. „Ich muss mich alleine entschuldigen. Das ist wahrscheinlich Jessies Art mich dorthin zu locken, um genau das zu tun."

Er lachte. „Alles klar. Dann werde ich zum Revier fahren. Wenn Hannah uns braucht, lass es mich wissen."

Ich versprach genau das zu tun und wir fuhren beide los. Jessie war so vage gewesen, dass ich halb überzeugt war, dass dies nur ihre Art der Einmischung war. Aber bei dem Gedanken, dass sie vielleicht wirklich nicht übertrieb und Hannah sehr aufgebracht war, drückte ich das Gaspedal durch und raste den gesamten Weg dorthin.

Als ich beim Diner ankam, war es fast leer. Die Mittaggäste waren gegangen und es war noch zu früh für das Abendessen.

Jessie stand hinter dem Tresen, wo sie einem Kunden Kaffee eingoss, und begegnete meinem Blick, bevor sie zur Decke zeigte. Mich umdrehend, ging ich wieder nach draußen und um die Seite des Gebäudes. Ich stieg die Treppe zu Hannahs Wohnung zwei Stufen auf einmal nehmend hoch. Mein Kopf pochte immer noch, aber ich würde es überleben. Bevor ich anklopfen konnte, öffnete sich die Tür.

Sie stoppte und starrte mich mit vor Angst weit aufgerissenen Augen an. Sie trug eine Jeans und ein einfaches weißes T-Shirt, Turnschuhe. Sie hatte eine kleine

Tasche in der Hand, als ob sie irgendwohin gehen würde. Irgendwohin weit weg.

„Hannah." Während ich sprach, streckte ich meine Hand aus, um ihren Arm zu berühren, aber sie keuchte auf und zuckte zurück. Sie fiel fast rückwärts in das Wohnzimmer der Wohnung, als sie vor mir zurück stolperte.

Ah Scheiße. Die Angst in ihren Augen war nicht zu übersehen. Ich hielt meine Hände hoch mit den Handflächen nach vorne, als würde ich verhaftet werden. „Langsam, Schatz. Ich bin es nur."

Ein Teil ihrer Anspannung verflog, aber die Vorsicht blieb in ihren Augen und es brachte mich um. Schuld nagte an mir. Ich war so ein Arsch gewesen. Sie wollte uns nicht reinlegen und versuchte auch nicht, uns zum Narren zu halten. Ich hatte zugelassen, dass meine Probleme mit dieser Schlampe einer Stiefmutter mein Urteilsvermögen getrübt und uns fast um die Liebe unseres Lebens gebracht hatten.

Dec hatte recht gehabt – diese Frau war in Panik. Und sie rannte davon.

Sie ließ ihre Tasche mit einem Knall auf den Boden fallen, drehte sich von mir weg. Ich folgte ihr in die Wohnung und schloss die Tür hinter mir, aber achtete darauf, ihr ein wenig Abstand zu lassen. „Hannah, es tut mir leid. Ich wollte gestern nicht so unhöflich zu dir sein. Ich habe ganz falsche Schlüsse gezogen und ich entschuldige mich."

Sie schaute über ihre Schulter zu mir, blinzelte ein paar Mal und ihre Augen fokussierten sich auf mich. Das war zumindest ein gutes Zeichen. Ich konnte es nicht ertragen, diese resolute, unabhängige Frau so verängstigt zu sehen.

Jemand war hinter ihr her. Ich wusste das jetzt. Konnte es nun glasklar sehen.

Wer auch immer ihr das angetan hatte, würde dafür bezahlen. Aber zuerst mussten wir unserer Frau helfen und zwar ab jetzt.

Ich streckte langsam meine Hand aus, um ihre in die meine zu nehmen und sie ließ es zu. Erlaubte mir, sie umzudrehen, so dass sie mir zugewandt war. „Du musst etwas wissen, Schatz. Ich mag manchmal vielleicht ein Idiot sein und Gott weiß, dass ich ein furchtbares Temperament habe. Du, ich und Dec – wir werden oft streiten, aber keiner von uns würde jemals eine Hand gegen dich erheben."

Sie war so lange still, dass ich dachte, sie würde nie antworten. Als sie es tat, war ihre Stimme sanft und süß. „Also denkst du immer noch, es würde ein ‚du, ich und Dec' geben?"

Ich grinste sie an und sie schenkte mir ein wackliges Lächeln zur Antwort. „Schatz, du wirst uns nicht so leicht loswerden. Wir sind noch nicht einmal annähernd so weit, dich aufzugeben. Wenn du gehst, werden wir mit dir gehen." Ich beugte mich vor und gab ihr einen sanften Kuss. „Du bist die Eine für uns, da gibt es keinen Zweifel."

Sie seufzte und ihre restliche Anspannung verflog. Ich zog sie in meine Arme und sie legte ihren Kopf auf meine Brust. „Aber du musst uns erzählen, was los ist. Das ist die einzige Art, wie wir dir helfen können."

Ich konnte ihr Nicken fühlen. „Okay."

„Hast du Angst hier zu bleiben?" Ich wunderte mich. Sie war auf der Flucht und sie floh verängstigt. Vor jemandem in der Stadt? Jemandem aus ihrer Vergangenheit?

Sie nickte. Verdammt, niemand sollte so viel Angst haben, in seiner eigenen Wohnung zu sein.

„Komm, wir treffen uns mit Dec und du kannst uns beiden erzählen, was los ist."

Ich rief Dec von meinem Truck aus an und er wartete bereits bei meiner Farm auf uns, als wir dort ankamen. Er sprach nicht viel, als Hannah aus dem Truck stieg. Er warf nur einen Blick auf sie, schlang einen Arm um sie und führte sie nach drinnen.

So sehr wir beide auch Antworten wollten, ihr Wohlbefinden stand an erster Stelle. Sie war absolut verschreckt gewesen, als ich sie gefunden hatte. Auch wenn sie sich beruhigt hatte, wirkte sie noch immer... zerbrechlich. Dec kochte uns etwas zu essen, während ich ihr ein Bad einließ. Erst als sie gegessen und gebadet hatte und zwischen uns auf dem Sofa saß, begannen wir Fragen zu stellen.

Sie erzählte uns alles – alles über ihren missbrauchenden Ex und dass sie auf der Flucht war. Dec und ich blieben ruhig, aber mein Blut kochte. Was würde ich nicht dafür geben, diesen Mistkerl zusammenzuschlagen. Ich wusste, Dec empfand genauso, da er seine Tasse mit einem Todesgriff umklammerte. Ich wäre nicht überrascht gewesen, wenn das verdammte Ding in seiner Hand zerbröselt wäre. Aber Hannah brauchte nicht unseren Zorn, sondern, dass wir ihr zuhörten. Also hielten wir unsere Wut unter Verschluss.

„Ich wusste nicht, was ich sonst tun sollte, also bin ich geflohen", endete sie.

„Ich bin froh, dass du es uns erzählt hast", versicherte ihr Dec. „Jetzt können wir dich beschützen. Du solltest dich damit nicht allein auseinandersetzen müssen, mit ihm."

Dr. Hannah Winters. Sie war eine verdammte Ärztin. Eine, die nach Standford gegangen war und gerade ihre Assistenzzeit beendet hatte. Sie hatte in einer Notaufnahme in LA gearbeitet, als ihr Ex sie angegriffen hatte. Eine gottverdammte Ärztin mit allen möglichen Kontakten zu Sozialeinrichtungen hatte so große Angst gehabt, dass sie davongelaufen war, sich versteckt hatte. Verheimlicht hatte, wer sie war, sogar vor uns. Und dies weiterhin getan hätte, wäre nicht der Erstickungsvorfall und der Not-Luftröhrenschnitt gewesen.

Hannah schüttelte ihren Kopf. „Ich möchte euch Jungs da nicht mit reinziehen. Brad ist ein wirklich fieser Mistkerl. Ihr könntet verletzt werden – "

Bevor sie ihren Satz beenden konnte, hob ich sie hoch und auf meinen Schoß, setzte sie so hin, dass meine Arme sie umschlossen. Wenn jemand gefragt hätte, ob diese Umarmung sie oder mich trösten sollte, würde ich auf jeden Fall zugeben, dass ich mich dadurch besser fühlte. Zu wissen, dass sie auf meinem Schoß saß und sicher war, war das Einzige, das meinen Ärger in Zaum hielt. „Es ist süß von dir, dass du dich um uns sorgst, Schatz, aber du hast das alles verdreht. Du gehörst zu uns, damit wir dich beschützen und wertschätzen. Dass wir uns um dich kümmern dürfen, ist unser Privileg. Deine Probleme sind unsere Probleme, verstanden?"

Sie nickte an meiner Brust und ich belohnte sie mit einem Kuss. „Sag mir, Dr. Winters, wie können wir dich von deinen Sorgen ablenken und dir helfen, zu entspannen?"

Ich sah, wie ein Lächeln an ihren Mundwinkeln zupfte und mein Herz schmolz fast in meiner Brust. Es war verdammt gut zu sehen, dass ihre Furcht verschwunden war und Glück an ihre Stelle getreten war. Dec rutschte auf dem Sofa näher zu uns und eine seiner Hände begann, ihr Bein zu streicheln.

Nach dem Bad hatte ich ihr eines meiner Hemden zum Anziehen überlassen, welches an Hannah wie ein Kleid wirkte und diese langen, sexy Beine offenbarte. Ich hörte wie ihr Atem stockte, als Decs Hand den Hemdsaum erreichte und er ihren weichen Oberschenkel streichelte.

Mein Glied wurde bei dem Gedanken an all die Arten, mit denen wir sie ablenken könnten, steif. Demnach zu schließen wie sie anfing mit ihrem Hintern auf meinem Schoß zu wackeln, konnte sie es fühlen. Ich knabberte an ihrem Hals, während sie und ich Decs langsamen und stetigen Fortschritt beobachteten. Er reizte sie, quälte sie. Zu dem Zeitpunkt, an dem seine Hand ihre Muschi erreichte, wand sie sich und versuchte zum Höhepunkt zu gelangen.

Aber das würde nicht so schnell geschehen. Es gab eine Lektion, die sie immer noch lernen musste. Mit einer fließenden Bewegung drehte ich sie um, so dass sie über meinem Schoß lag. Das Hemd war nach oben gerutscht, so dass ihr runder Po frei lag, so verlockend, das ich dachte, ich würde auf der Stelle kommen.

Sie keuchte auf, als ich meine Hand nach unten fallen ließ und auf diesen Hintern klatschte, beobachtete wie mein pinker Handabdruck erblühte.

„Wenn wir die Führung übernehmen, Schatz, wollen wir, dass du dein Gehirn freimachst, dass du nur fühlst. Kontrolle, ja. Aber du hast die Macht. Wir sind besitzergreifende Männer. Was Brad betrifft, er war nicht besitzergreifend. Er war verdammt nochmal besessen von dir." Ich schlug ihr leicht auf den Hintern. „Verstehst du den Unterschied?"

„Ja", antwortete sie, sackte gegen mich und begann uns nachzugeben.

Ich gab ihr einen weiteren Klaps. „Dieser ist dafür, dass du uns nichts von deinen Problemen erzählt hast, Schatz."

Als ich es wieder tat, dieses Mal stärker, stöhnte sie. Dec spreizte ihre Beine, während ich ein weiteres Mal meine

Hand hob. Als ich sie nach unten klatschen ließ, stieß er seine Finger in ihre Pussy.

„Oh Gott."

„Sie ist so feucht", stellte er fest. Mit seiner freien Hand öffnete er seine Jeans, während er sie weiterhin langsam mit seinen Fingern fickte. Er hielt nur lange genug inne, um ein Kondom aus seiner Tasche zu ziehen und es sich überzustreifen.

Ich verpasste ihr ein paar weitere Schläge, dieses Mal leichtere, bis Dec auf dem Boden kniete und hinter ihr in Position war. Als er seinen Penis in sie gleiten ließ, schlang ich meinen Arm um sie, spielte durch den dünnen Stoff des Hemdes mit ihren Brustwarzen. Ich hielt sie auf meinem Schoß fest, während er in ihre Muschi stieß.

„Dec, bitte!", keuchte sie.

„Was brauchst du, Liebling?", fragte er, wobei sich seine Hand auf ihre Hüfte legte, dann zwischen ihren knackigen – und pinken – Hintern glitt. „Das?"

Ich wusste, sein Daumen hatte sie geöffnet, als sie ihren Rücken durchbog und ihren Hintern ausstreckte.

„Oh Gott", stöhnte sie wieder.

Dec hörte nicht auf, sondern stieß mit seinem Schwanz und Daumen in sie. Er kam schnell und Hannah keuchte noch immer nach mehr. Sie brauchte einen Orgasmus – einen, den er ihr noch schuldig war – einen, von dem ich sicherstellen würde, dass sie ihn bekam. Aber nicht bis sie ihre Lektion gelernt hatte.

Als er zur Seite trat, um das Kondom zu entsorgen, schlug ich sie ein weiteres Mal auf den Po. „Es gibt keine Geheimnisse zwischen uns." Ich spreizte ihre Beine weit und ließ meine Hand wieder runterfallen, wobei ich dieses Mal dafür sorgte, dass ihre feuchte Muschi auch von einem leichten Klaps getroffen wurde.

„Hast du das verstanden, Schatz?" Als sie nicht sofort antwortete, gab ich ihr einen weiteren Klaps auf die feuchte Stelle.

Dieses Mal wackelte sie mit ihrem Hintern in der Luft, bettelte stumm nach mehr. Dec setzte sich neben mir auf das Sofa, so dass sie auf ihrem Bauch lag, mit ihrem Kopf in Decs Schoß. Als ich hinter sie lief, hob sie ihre Hüften und spreizte ihre Schenkel, bot sich selbst an. Ich konnte ihren geröteten Hintern sehen, ihre geschwollene und feuchte Pussy. Ich konnte alles sehen und sie gab es mir.

Ich füllte sie in einem langen harten Stoß mit meinem Schwanz, stellte sicher, dass sie wusste, wer die Kontrolle hatte. Einen Arm um sie schlingend, fand ich mit meinen Fingern ihre Klitoris, was sie zum Aufschreien brachte.

„Cole, hör nicht auf", bettelte sie.

Ich hätte nicht aufhören können, sie zu vögeln, selbst wenn ich es versucht hätte. Sie war so eng und feucht und mit nur wenigen Berührungen ihres Kitzlers kamen wir zusammen.

Später als wir drei zusammen entspannt und zufrieden auf dem Sofa saßen, wobei unser Mädel immer noch nur in meinem Hemd zwischen uns kuschelte, drehte sie sich mit einem schelmischen Lächeln zu mir. „Ich dachte, du hättest gesagt, ihr würdet nie eine Hand gegen mich erheben."

Ich grinste, während ich nach unten griff und ihre Muschi mit meiner Hand umfasste. Sie war immer noch feucht und sie stöhnte und wand sich in meinen Armen. Ihre Lust nach uns schien unersättlich. „Dir den Hintern zu versohlen, ist etwas anderes. Manchmal musst du einfach wissen, wer die Führung hat. Und dir hat es gefallen."

Sie stöhnte ihre Zustimmung.

„Außerdem mussten wir deinem sturen Schädel

eintrichtern, dass du dich nicht allein um all deine Probleme kümmern musst."

Dec ließ eine Hand unter dem Hemd hochgleiten und zwickte einen Nippel. Wir arbeiteten zusammen, um ihr noch einmal zu zeigen, wie es zwischen uns sein würde. Wie wir immer für sie da sein würden, uns um sie kümmern würden. „Du musst lernen, loszulassen. Übergib uns die Führung, wenn es darum geht, sich um dich zu kümmern."

Ihr Atem wurde flach, als seine Finger ihre Brustwarzen bearbeiteten und ich konnte fühlen, wie ihre Pussy wieder feucht wurde. Ich wandte mich an Dec. „Vielleicht sollten wir ihr einfach zeigen, wie gut wir für sie sorgen können."

Ich hob sie hoch und trug sie zu meinem Zimmer, wobei ich schwor, dass ich nie aufhören würde, es ihr zu beweisen.

13

Declan

Ich war der Erste, der am nächsten Morgen wach war, und ich war froh über die Privatsphäre. Seitdem uns Hannah in der vergangenen Nacht ihre Geschichte erzählt hatte, hatte ich es nicht erwarten können, einige Nachforschungen anzustellen und zu sehen, was ich über diesen Mistkerl herausfinden könnte, der sie dazu gebracht hatte, verängstigt davonzurennen. Die beste Art einen Gegner zu schlagen, war zu wissen, woher er kam und wie er dachte.

Was ich fand, drehte mir den Magen um. Ein Militärtyp durch und durch. Jemand wie Oberstleutnant Bradley S. Madison hatte auf jeden Fall Verbindungen. Ich war verblüfft, dass er Hannah bis jetzt noch nicht gefunden hatte, was bewies wie gut unser Mädel untergetaucht war. Keine Kreditkarten. Keine Bankautomaten. Kein Handy.

Nichts, das bei einer Suche auch nur einen Piep gemacht hätte. Bis gestern.

Da nun ihr erster und mittlerer Name in der Lokalzeitung standen, war es nur eine Frage der Zeit. Zumindest wussten wir, was auf uns zu kam. Ich würde es Jessie, Sally und Violet Kane mitteilen. Sie würden von da übernehmen und die ganze Stadt würde ein Auge nach einem Fremden offenhalten und nach Hannah. Wenn wir Glück hatten, würde Brad seine Besessenheit überwunden haben – aber ich würde mich nicht darauf verlassen.

Ich war lange genug dabei, um zu wissen: einmal ein Missbraucher, immer ein Missbraucher. Und Hannah war ihm entkommen, was ihn wahrscheinlich wütend gemacht hatte. Er würde sie aufspüren, nur um diesen Kampf zu gewinnen. Er würde sich nicht eine einfache Frau durch die Lappen gehen lassen.

Wie Cole Hannah in der vergangenen Nacht erzählt hatte, gefiel es uns zwar die Kontrolle zu haben und wir waren besitzergreifend, aber dieser Mistkerl war besessen. Er hatte sie sogar bis in das Krankenhaus, in dem sie arbeitete, verfolgt. Kein Wunder, dass sie panisch geworden war, als wir uns ihr gegenüber so dominant verhalten hatten.

Es war jedoch nicht nur Hannah, der er übel mitgespielt hatte. Es gab bereits andere Missbrauchsfälle in seiner Vergangenheit, demnach zu schließen, was ich hatte ausgraben können. Seine Ex vor Hannah hatte eine einstweilige Verfügung gegen diesen Bastard erwirkt, welche öffentlich zugänglich war, und ich hegte keinen Zweifel daran, dass sie in Angst lebte. Diese Verfügung war nur ein Stück Papier, kein Schutzschild vor Gefahr.

Ein Teil von mir hoffte, dass er nach Bridgewater kommen würde, damit ich ihm zeigen könnte, wie es sich anfühlte selbst Schläge zu erhalten. Männer, die Frauen schlugen, waren die schwächsten aller Männer auf Erden.

Als Hannah und Cole nach unten kamen, informierte ich sich bei einer Tasse Kaffee darüber, was ich gefunden hatte und teilte ihnen meinen Plan für die Zukunft mit. Ich sah, wie sie zusammenzuckte, als ich erwähnte, es Jessie und einigen anderen zu erzählen, damit sie helfen könnten, die Augen offen zu halten. Es war offenkundig, dass ihr die Vorstellung, ihre Geschichte mit anderen zu teilen, nicht behagte, aber sie erhob diesbezüglich auch keinen Widerspruch. Ich musste hoffen, dass dies ein Zeichen dafür war, dass sie damit fertig war wegzurennen und bereit war zu kämpfen, besonders mit einer ganzen Stadt im Rücken.

„Ich wünschte nur, dass ich euch das nicht alles aufhalten würde", sagte sie. Sie blickte runter auf ihre Tasse.

Ich schlang meine Arme um sie und zog sie näher zu mir. „Was haben wir dir letzte Nacht erzählt? Es ist uns eine Ehre und ein Privileg, dass wir uns um dich kümmern dürfen."

Sie ruhte mit ihrem Kopf an meiner Brust, aber schwieg.

Ich gab ihrem Hintern einen leichten Klaps. „Müssen wir dich eine weitere Lektion lehren?"

Bei dieser Erinnerung lachte sie und der Klang ließ mich und Cole lächeln. Es war zu lange her, seit wir sie lachen gehört hatten. Aber hoffentlich könnte sie jetzt, da ihre Geheimnisse offen lagen, einen Neustart hier mit uns in Bridgewater wagen. Mit allem, dass sich gerade in ihrem Leben abspielte, wusste ich es jedoch besser, als sie zu früh wegen diesem Thema zu bedrängen. Zuerst mussten wir uns um Brad kümmern und dann würden wir uns Gedanken darüber machen, wie wir erreichen konnten, dass diese Frau für immer bei uns blieb.

Ich drückte einen Kuss auf ihren Kopf und begann mich von ihr zu lösen. „Ich würde liebend gern den Morgen mit euch beiden verbringen, aber ich muss zur Arbeit."

Hannah wurde munter. „Kann ich mit dir in die Stadt fahren? Ich muss früh beim Diner sein."

„Du arbeitest heute die Frühstücksschicht?", fragte Cole, der wusste, dass das nicht ihre normale Arbeitszeit war.

Sie schüttelte den Kopf. „Nein, aber dort könnte jemand sein, mit dem ich gerne sprechen würde."

Cole und ich warfen uns bei ihrer vagen Antwort einen fragenden Blick zu, aber wir ließen das Thema fallen. Wenn sie im Diner war, mussten wir davon ausgehen, dass sie sicher genug wäre. Sie sah so verdammt glücklich aus...und ein wenig selbstzufrieden, als ob sie ein Geheimnis hätte. Ich mochte Geheimnis nicht sehr gern, besonders nicht ihre. Aber sie wirkte dieses Mal aufgeregt, nicht verängstigt.

Erst als wir zurück zur Stadt fuhren, gelang es mir, sie zum Sprechen zu bringen. „Was für ein mysteriöses Treffen ist das, zu dem du heute Morgen gehst?"

Als ich zu ihr blickte, sah ich, dass sie errötete und auf ihre Lippe biss. Jetzt war ich wirklich neugierig.

„Vielleicht funktioniert es auch gar nicht..."

Ich schwieg in der Hoffnung, dass sie sich mir anvertrauen würde. Tatsächlich wandte sie sich ein paar Sekunden später zu mir, mit einem Knie auf dem Sitz und ihrem Gesicht leuchtend vor Aufregung. „Jessie hat mir erzählt, dass Dr. Murphy bald in Rente geht. Scheinbar sucht er nach jemandem, der ihn ersetzt."

Als mir die volle Bedeutung ihrer Worte klar wurde, musste ich meine ganze Willenskraft aufbringen, um meinen SUV nicht an den Straßenrand zu fahren und sie besinnungslos zu küssen. Hoffnung durchströmte mich. Doktor Murphy hatte mich auf die Welt gebracht. Cole auch. Zur Hölle, so gut wie jeden, der in diesem Bezirk seit 1975 geboren worden war. Er wollte bereits seit Jahren in Rente gehen, zumindest seine Frau hatte das gewollt. Sie musste endlich ein Machtwort gesprochen haben und der andere Ehemann des Trios hatte wahrscheinlich ihre Seite ergriffen. Sie wollten nach Arizona ziehen, um näher bei ihren Kindern und Enkeln zu sein.

Ich war nicht gerade begeistert davon, den alten Doktor zu verlieren, aber wenn es bedeutete, dass Hannah bleiben würde...

„Also bedeutet das, dass du ernsthaft in Erwägung ziehst, in Bridgewater zu bleiben?"

Sie schaute nach unten auf ihre Hände und dann zurück zu mir. „Ich denke darüber nach. Ich meine, ich kann mich noch nicht auf etwas festlegen, nicht bis ich die Situation mit Brad und meine Jobmöglichkeiten überdacht habe, aber Ärzte werden überall gebraucht. Sogar in Bridgewater."

Ich grinste zu ihr. Alles, was ich gehört hatte, war ein Haufen Ausreden, um das Unvermeidliche hinauszuzögern. „Aber du meinst damit, dass du gerne hier bei uns bleiben würdest?"

Sie zuckte ihre Achseln und rutschte auf ihrem Sitz hin und her. Sie biss sich auf die Lippe. „Wenn du und Cole mich noch immer wollt." Ihre Stimme war leise, als ob sie besorgt wäre, dass die Antwort Nein lauten würde.

„Es besteht keinerlei Zweifel von unserer Seite, Liebling. Du bist die Eine für uns. Wir warten nur darauf, dass du es endlich siehst."

Sie antwortete nicht und ich drängte sie nicht. Die Tatsache, dass sie mit Doktor Murphy über eine eventuelle Übernahme seiner Praxis reden würde, war ein gutes Zeichen. Sie war dafür bestimmt, die Unsere zu sein, wir mussten uns einfach noch ein wenig gedulden.

Hannah

MEIN GESPRÄCH mit Dr. Murphy verlief besser, als ich es jemals hätte erwarten können. Ich hatte in den sauren Apfel gebissen und meine Situation erklärt – nicht gerade ein Thema, über das ich noch einmal sprechen wollte. Nachdem ich jedoch anfangen hatte, fiel es mir leicht, darüber zu reden, jetzt da meine Geheimnisse offen lagen. Da er der einzige Arzt in der Stadt war, war ich mir sicher, dass er in seiner langen Dienstzeit schon alles gehört hatte. Meine Flucht vor Brad war wahrscheinlich nichts im Vergleich zu einigen der Dinge, die er erlebt hatte. Auch wenn ich bereits einige Notfälle behandelt hatte und einen ruhigen Kopf bewahren konnte, hob sich der Puls dieses Mannes wahrscheinlich nicht einmal in einer grauenhaften Situation.

Ich hatte den Eindruck, dass er eher für seine Frau, als für sich selbst, in Rente ging – er würde wahrscheinlich lieber bei einem Hausbesuch sterben, als auf einem Golfkurs in Arizona. Aber ich hatte erkannt, dass sie und ihr anderer Ehemann bereit waren, wegzuziehen. Ja, er führte eine Ehe mit zwei Männern und einer Frau. Sie waren überall!

Ihm gefiel die Idee, dass ich für den Anfang ein paar seiner Klienten in der Praxis übernahm. Ich könnte mich einarbeiten, er würde langsam seine Stunden verringern und die Leute von Bridgewater könnten sich an mich gewöhnen, obwohl ich nach der ganzen Luftröhrenschnitt Sache bereits berühmt-berüchtigt war. Wir verbrachten eine Stunde damit Kaffee zu trinken – Jessie kam gelegentlich vorbei, um den Tisch neben uns abzuwischen und unverhohlen zu lauschen – und über die Möglichkeit zu reden, dass ich die Praxis noch vor Weihnachten vollständig übernahm. Sie wollten sich in Arizona bis Weihnachten eingerichtet haben, so dass sie die Enkel ins neue Haus einladen konnten.

Es klang alles so perfekt. Fast...als wäre es vorherbestimmt. Wäre da nicht die Tatsache, dass Brad immer noch irgendwo da draußen war.

Ich grinste während meinem Mittagdienst wie eine Idiotin. Es war verblüffend, wie sich meine Perspektive auf alles verändert hatte, nachdem ich Declan und Cole die Wahrheit mitgeteilt hatte. Vielleicht hätte ich ihnen gleich zu Beginn von Brad und meiner momentanen Situation erzählen sollen. Aber ich hatte sie damals noch nicht gekannt. Es war mir schwer gefallen zu vertrauen. Zum ersten Mal war ich nicht allein mit diesem Chaos. Ich hatte Menschen, die auf mich achteten und Männer in meinem Leben, denen ich vertrauen konnte. Die mich beschützen, nicht schlagen würden. Ich konnte nicht umhin zu bemerken, wie mich Jessie im Blick behielt, wie jeder im Diner hochschaute, wenn die Glocke über der Tür klingelte. *Jeder* war in Alarmbereitschaft.

Declan und Cole wollten mich nach meiner Schicht für ein spätes Abendessen abholen und ich konnte es nicht erwarten, ihnen von meinem Gespräch mit Dr. Murphy zu erzählen. Ich schaute auf die große Uhr an der Wand des Diners. Ich hatte noch gerade genug Zeit, um die Treppen zu meiner Wohnung hoch zu rennen und mir etwas anderes als die Uniform anzuziehen, bevor sie kommen würden. Ich informierte Jessie, wohin ich gehen würde und dass ich gleich zurückkäme.

Dicke Wolken waren aufgezogen, ein Sommergewitter.

Die Sonne war verdeckt und es war früh dunkel geworden. Der Wind nahm zu, blies mir die Haare ins Gesicht. Das musste der Grund gewesen sein, warum ich ihn nicht gesehen hatte – zuerst nicht. Ich war bereits auf halber Höhe der Treppen, als ich seine Stimme unter mir hörte – diese Stimme. „Hannah."

Mein Magen sank bei dem Klang meines Namens. Ich erstarrte, meine Hand auf der Brüstung. Mein Blut gefror mir in den Adern und meine Muskeln spannten sich an. Nein, nein, nein. Das konnte nicht sein. Er konnte nicht wirklich hier sein. Nicht jetzt, wo mein Leben endlich im Begriff war, gut zu laufen. Nicht beim ersten Mal, bei dem ich nicht über meine Schulter geschaut hatte. Ich war dumm gewesen, dass ich für nur eine Minute in meiner Wachsamkeit nachgelassen hatte.

Mich langsam umdrehend sah ich ihn schließlich. Er trat aus den Schatten und ich konnte die Wut sehen, die sich in seine Züge gegraben hatte. Die Anspannung in seinem Körper, als er langsam die Stufen zu mir hochstieg. Ich konnte nicht entkommen. Ich war zu hoch auf den Treppen, um zu springen und sein großer, bedrohlich aufragender Körper blockierte meinen einzigen Fluchtweg.

14

Hannah

"Brad, was machst du hier?" Die Frage war dumm, weil ich genau wusste, dass er wegen mir hier war.

"Du bist ein böses Mädchen gewesen, Hannah." Der Blick in seinen Augen war verrückt, labil. Er war zuvor schon mal wütend gewesen, aber noch nie so wie jetzt. Die Adern auf seinem Hals traten deutlich hervor, eine pulsierte sogar an seiner Schläfe. Er trug keine Uniform, nur eine Jeans und ein schwarzes T-Shirt. Sein Haar war immer noch militärisch kurzgeschnitten, sein Gesicht glattrasiert. Es gab nichts, das seine brodelnden Emotionen verbarg. "Hast du wirklich geglaubt, ich würde dich nicht finden? Du dumme Frau, hast deinen ersten und mittleren Namen benutzt. Du wolltest, dass ich dich finde, nicht wahr? Du wolltest, dass ich dich verfolge."

Ich hatte ihn noch nie so aufgelöst gesehen. Während ich in der Vergangenheit Angst gehabt hatte, er würde mich verletzen, fürchtete ich jetzt um mein Leben. Er war mir über tausende Meilen gefolgt. Die Zeitung war erst gestern Morgen erschienen. Er musste mich Online gefunden und dann das erste Flugzeug genommen haben. Er hatte nicht gewartet. Nein, er hatte Wochen lang darauf gewartet, dass ich einen Fehler machen würde. Und jetzt war er hier.

Donner grollte in der Ferne. Wenn ich schrie, würde mich irgendjemand im Diner hören? Meine Füße klebten auf der Stufe wie Kaugummi, als Panik mein Gehirn aussetzen ließ. Warum konnte ich, ohne zu zögern, einem Mann ein Loch in die Kehle schneiden, aber drehte völlig durch, wenn ich in Gefahr war? Sollte ich nach oben rennen und die Tür verriegeln oder sollte ich versuchen, um Hilfe zu rufen? Nein, er würde mir nach drinnen folgen und mit ihm allein in meiner Wohnung würde es mir schlimmer ergehen.

Ich hatte zu lange gewartet. Er erreichte die Stufe unter mir und packte meine Arme. Das Gefühl seiner rauen Hände, der vertraute Geruch seines widerlichen Rasierwassers – es war genug, um mich aus meiner verängstigten Starre zu reißen.

Ich schrie und riss mich los. Brad blockierte meinen Weg nach unten zum Diner, wo andere Leute sein würden. Also war meine einzige Option nach oben zu gehen. Ich hatte keine andere Wahl, als zu meiner Wohnung zu gehen. Ich drehte mich um und versuchte zu rennen, aber eine seiner Hände umfasste meinen Knöchel und ich fiel auf die Treppe, wobei meine Hände und Knie auf das Hartholz klatschten. Ich kämpfte mich nach oben. Mein freies Bein kickte nach vorne, traf seine Schulter.

„Du dumme Schlampe", knurrte er, trat eine Stufe höher, so dass er über mir aufragte. Ich konnte fühlen, wie er sich gegen meinen Rücken presste, mich einklemmte.

„Hast du wirklich gedacht, ich würde dich nicht finden?"

Er packte eine Handvoll meiner Haare und zog meinen Kopf hoch, so dass sich sein Mund neben meinem Ohr befand. Ich schrie wieder, aber der Laut war dieses Mal schwächer, da meine Lungen und Bauch gegen die Stufen gedrückt wurden. Der Wind nahm wieder zu, Haare wehten mir ins Gesicht. Ich konnte sie nicht wegschieben, weil meine Arme unter mir gefangen waren.

„Ich besitze dich." Sein Atem war heiß auf meinem Gesicht.

Das war, wovor ich Angst gehabt hatte. Seine Besessenheit. Declan und Cole waren überhaupt nicht wie er. Ihr Verhalten, zwar oft das von Höhlenmenschen, war nicht das Gleiche. Ich erkannte es jetzt, hörte den Tonfall. Fühlte es. Sie wollten mich, vielleicht genauso sehr, wie Brad es tat. Aber sie wollten mich nicht als ein Objekt oder Ding, sondern als eine Ebenbürtige. Wir waren ein Trio, eine Dreiergruppe, die sich gegenseitig stärkte. Ja, sie waren herrisch bis zum Geht-nicht-mehr. Aber ich mochte das. Zum Geier, ich brauchte es. Das brachte mich dazu, meine Gedanken hinter mir zu lassen. Sie nahmen mir meine Sorgen und ersetzten sie mit Stille, mit Frieden. Mit Vergnügen.

„Du bist die Meine und wirst es immer sein", knurrte er.

„Nein!", schrie ich und versuchte ihn von mir zu schütteln, aber es war zwecklos.

„Sie war niemals die Deine und wird es nie sein." Declans Stimme erklang vom Fuß der Treppe und der Klang ließ mich vor Erleichterung aufschluchzen. Eine Sekunde später wurde Brad von mir gerissen.

Ich hörte Kampfgeräusche, aber erst, als ich wieder auf

meinen Füßen stand und mich umgedreht hatte, sah ich, dass Declan und Cole Brad windelweich prügelten.

Es war...Gott, ein wunderbarer Anblick. Sie waren hier! Brad stand immer noch schwankend auf seinen Füßen, aber er hatte keine Chance gegen meine zwei Männer. Allein der Ausdruck auf ihren Gesichtern hätte genug sein sollen, um Brad zu verscheuchen, aber er war ein zu großer Mistkerl, um zu denken, dass ihn jemand besiegen könnte. Sie schoben ihn zum Diner, dann durch die Tür. Ich eilte hinter ihnen her, stolperte einmal auf den Stufen auf meinem Weg nach unten.

Ich stieß ein ersticktes Lachen aus, als ich ihnen nach drinnen folgte. Brad lag ausgestreckt auf dem Boden, Blut tropfte aus seiner Nase und Blutergüsse wurden bereits auf seinem Gesicht sichtbar. Er war noch immer bei Bewusstsein, aber besaß genug Verstand, um nicht zurück zu kämpfen.

Er war umzingelt. Cole und Declan wichen ihm nicht von der Seite, atmeten schwer, aber sonst wirkten sie unverletzt. Sie waren fertig mit ihm. Ich wusste, wenn Brad aufstehen würde, würden sie weiter mit ihm kämpfen. Neben ihnen hielt Jessie eine Pfanne über ihrer Schulter, bereit sie zu schwingen, als wäre Softball Saison. Als ob das nicht genug wäre, hatten drei der Diner Stammkunden, einschließlich Dr. Murphys, Pistolen gezogen und zielten mit ihnen auf Brads Kopf. Montana war wirklich der Wilde Westen. Obwohl ich daran gewöhnt war Gewehrschüsse in der Notaufnahme zu versorgen und kein Waffenfreund war, war ich ausnahmsweise einmal in meinem Leben froh, all die Waffen zu sehen.

Dieser Bastard würde geschlagen, zerquetscht und erschossen werden, wenn er auch nur einen Muskel bewegte.

„Hannah, bist du verletzt?", fragte Dr. Murphy, wobei seine Pistole beständig auf Brad deutete.

„Nein, ich bin okay", antwortete ich mit zittriger Stimme. Declan sprach in sein Funkgerät, aber ich hörte nicht zu. Ich starrte auf den geduckten, gebrochenen Brad.

Cole verließ den Trupp, um zu mir zu kommen und mich in seine Arme zu schließen. Ich hatte nicht bemerkt, dass ich zitterte, bis er mich an sich drückte. „Du bist wirklich nicht verletzt?"

Ich schüttelte meinen Kopf. „Ich bin okay. Oder vielmehr, ich werde es sein."

Er küsste mich auf den Kopf, drückte mich sanft. „Du wirst ihn nie wiedersehen." Es fühlte sich so verdammt gut an, in seinen Armen zu sein, zu wissen, dass ich sicher war. Zu wissen, dass er mich beschützen würde. Und das hatte er auch getan.

DANACH PASSIERTE ALLES RECHT SCHNELL. Declan kam zu mir, umarmte mich und gab mir einen Kuss, bevor er in den Polizistenmodus wechselte. Nachdem er Brad seine Rechte verlesen hatte, schleifte er ihn zu seinem Polizeiwagen, der mit blinkenden, blauen und roten Lichtern davonfuhr. Bevor sie weggefahren waren, hatte er mir versichert, dass ich Brads Gesicht nie wieder würde sehen müssen und ich glaubte ihm. Ich war mir nicht sicher, was das Rechtssystem tun würde, aber ich wusste, dass es genug freies Land gab, um einen Körper zu vergraben, falls er nicht zu Declans Zufriedenheit ins Gefängnis geschickt wurde.

Die Pistolen wurden weggesteckt und Jessie legte die Pfanne auf den Tresen. Jeder kehrte zurück zu seiner Mahlzeit, aber dieses Vorkommnis würde sich sicherlich in der Stadt wie ein Lauffeuer verbreiten. Ich gab der Stadt genügend Stoff zum Tratschen. Jessie holte mir eine Tasse Tee, während Cole sich um meine kleinen Kratzer und Blutergüsse kümmerte. Er grinste und schaute mich mit seinen hellen Augen an, als er sagte: „Jetzt darf ich einmal Arzt spielen, obwohl ich mir schönere Arten für Doktorspielchen vorstellen könnte."

Ja, ich war mir sicher, dass er sich *viel* besser Arten ausdenken konnte.

„Wir werden dich nicht mehr aus unseren Augen lassen, Schatz", versprach er mir.

Mir gefiel diese Aussage. Nach allem, was mit Brad passiert war, würde es eine Weile dauern, bevor ich mich allein wieder wohlfühlen würde, auch wenn ich wusste, dass Brad im Gefängnis war. „Gut."

Nach meiner Ein-Wort-Antwort führte er mich die Treppen zur Wohnung hoch und half mir einige Klamotten und Hygieneartikel einzupacken, so dass ich sie mit zu seinem Haus nehmen konnte. Er wich die ganze Zeit nicht von meiner Seite.

Obwohl ich wusste, dass Brad mich nicht mehr belangen konnte, zitterten meine Hände immer noch, als ich den Reisverschluss meiner kleinen Reisetasche zuzog.

Cole nahm mir die Tasche ab. „Hey." Mein Kinn nach oben neigend, zwang er mich dazu, ihn anzusehen. „Es ist vorbei."

Die Worte waren ein kühler, süßer Balsam für meine Seele. Fast zu gut, um wahr zu sein. Nachdem ich so lange in einem Alptraum gelebt hatte, fiel es mir schwer zu glauben, dass Brad endlich aus meinem Leben entfernt worden war. Ich musste mich nicht mehr verstecken. Mit einem Arm um meine Taille führte mich Cole aus der Wohnung, vorbei an meinen Nachbarn und Freunden, die mir Rückendeckung gegeben hatten, und half mir in den Truck.

Das fühlte sich richtig an. Mit ihm und Declan zusammen zu sein. Und jetzt musste ich mich nicht länger verstecken. Ich musste keine Angst mehr haben. Ich hatte zwei Männer, die mich beschützten. Mich besaßen. Mich befriedigten – zumindest hoffte ich, dass sie das sehr bald tun würden.

Ich drehte mich mit dem strahlendsten Lächeln, das ich aufbringen konnte, zu ihm. „Bring mich nach Hause."

15

Cole

Hannah schwieg die meiste Zeit auf der Rückfahrt zu meiner Farm, aber ich fasste nach ihrer Hand und hielt sie ganz fest. Ich fuhr lieber einhändig, als sie loszulassen.

Ich blieb ebenfalls stumm und gab ihr Freiraum, damit sie begreifen konnte, was gerade geschehen war. Um ehrlich zu sein, brauchte ich selbst etwas Zeit für mich. Es passierte nicht jeden Tag, dass ich beobachtete, wie die Liebe meines Lebens in Gefahr schwebte und der Schreck saß mir noch immer in den Knochen.

Brad. Er war ein großer Kerl. Äußerst muskulös und beherrscht von Wut. Wut auf Hannah.

Wenn wir nicht rechtzeitig gekommen wären...

Wenn ihr irgendetwas zugestoßen wäre...

Aber es war sinnlos, sich den Kopf darüber zu zerbrechen. All diese Wenns. Das größte war wohl, dass, wenn er sie nicht misshandelt hätte, sie nicht nach Bridgewater gekommen wäre.

Der einzige Trost war, dass er sie zwar in der Vergangenheit verletzt hatte, es aber nie wieder tun würde und wir würden sicherstellen, dass wir dieses Versprechen einhielten. Ich drückte ihre Hand, während ich uns nach Hause fuhr.

„Es tut mir leid", begann ich.

Sie hatte aus dem Seitenfenster gestarrt, aber bei meinen sanften Worten drehte sie sich zu mir.

„Es tut dir leid? Ihr habt mich gerettet."

„Wir waren nicht da."

Sie seufzte, drückte meine Finger. „Ihr werdet nicht immer da sein können. Ich bin kein Kind, das einen Babysitter benötigt."

Sie hatte recht. Wir konnten nicht die ganze Zeit bei ihr sein. So waren wir nicht. Erstickend. Kontrollierend. Sie musste ihr eigenes Leben führen und ich hoffte, dass sie am Ende des Tages zu uns nach Hause kommen würde.

Dec kam ein paar Minuten nach uns bei der Farm an. Er lief in die Küche, wo Hannah ihren Tee schlürfte und ich wie eine verdammte Glucke über ihr wachte. Ich würde sie aus meinen Augen lassen. Irgendwann. Wer könnte es mir vorwerfen?

Er sank in einen Stuhl, während er uns darüber informierte, wie er Brad seinen Kollegen übergeben hatte, damit sie die nötigen Verfahren in die Wege leiteten. Er kratzte sich am Kopf, wodurch seine roten Haare in alle Richtungen abstanden, und schaute runter auf den Tisch. „Ich habe es nicht gewagt mich länger als nötig mit diesem Mistkerl zu befassen. Wenn sie mich mit diesem Bastard allein in einem Raum gelassen hätten..." Er verstummte mit einem Kopfschütteln. Eine Hand über den Tisch streckend, ergriff er Hannahs. „Außerdem wollte ich hierherkommen und mich vergewissern, dass es dir gut geht."

Sie schenkte ihm ein zittriges Lächeln. „Es geht mir super."

Ich wusste, das war eine Übertreibung, aber ich sagte nichts.

„Dankeschön." Sie wandte sich zu mir. „Vielen Dank euch beiden. Wenn ihr nicht in diesem Moment gekommen wärt – "

Ich schüttelte meinen Kopf und erinnerte mich an das Gefühl, als ich gesehen hatte, dass der Typ sie auf der Treppe festgenagelt hatte. Das war nur der Beginn seiner Pläne für sie gewesen. Er war den ganzen weiten Weg von Kalifornien gekommen, er hätte sie keinesfalls nur eingeschüchtert. Nein, er hatte vorgehabt sie zu verletzen. „Es hat keinen Zweck darüber nachzudenken, Schatz."

Ja, ich wollte nämlich kein Loch in die Wand schlagen.

Sie nickte zustimmend, schluckte. „Also, was geschieht jetzt mit ihm?"

Dec schaltete seine Polizistenstimme an, die ich so gut kannte, während er das weitere Vorgehen erläuterte. Zum Schluss sagte er: „Auch wenn er zum Militär gehört, liegt das, was er getan hat, außerhalb deren Zuständigkeitsbereich. Es wird mit deren Einmischung komplizierter werden, aber um eine lange Geschichte kurz zu machen: Du wirst dir nie wieder Sorgen wegen diesem Kerl machen müssen."

Er schaute zu mir hoch und ich konnte leicht seine Gedanken lesen. Wenn das Gericht ihn nicht wegsperrte, würden wir uns um ihn kümmern. Ich hegte keinerlei Zweifel, dass uns die anderen in der Stadt helfen würden. Sie würden wahrscheinlich sogar ihre eigenen Schaufeln mitbringen.

Ihre hinreißenden grünen Augen funkelten amüsiert. „Das ist fantastisch zu hören. Aber was ich meinte, war, was passiert nun...mit uns?"

Dec und ich tauschten einen kurzen Blick aus, dieses Mal aus Überraschung, bevor wir uns wieder ihr zuwandten. „Was hättest du denn gerne, was als nächstes passiert?", wollte er wissen. Es klang sehr vorsichtig und ich konnte ihm keinen Vorwurf machen. Sie war gerade durch die Hölle gegangen. So gerne wir auch zum nächsten Level übergehen würden, war es sehr wahrscheinlich, dass sie zuerst um etwas Freiraum bitten würde. Ein wenig Zeit. Wir würden ihr geben, was sie brauchte, auch wenn das Warten die Hölle sein würde.

Sie leckte über ihre Lippen und spielte mit dem Henkel ihrer Tasse. „Ich habe heute Morgen mit Dr. Murphy gesprochen."

Ich sah, wie sich Dec aufrecht hinsetzte. Eine neue Energie verlieh ihm den Anschein, als würde er jeden Moment aus seinem Stuhl springen. „In diesem ganzen Irrsinn habe ich das völlig vergessen. Und?"

Und? Ich hatte keine Ahnung, worüber sie überhaupt redeten. Warum hatte sie den Doktor treffen müssen?

Ihre Lippen verzogen sich zu einem Grinsen. „Und ich könnte die nächste Assistenzärztin der Stadt werden, wenn ich den Job möchte. Ich würde noch keine Krankenhaus Privilegien haben wie er, aber ich könnte sie bekommen."

Ich hatte gehört, dass Dr. Murphy vorhatte, in Rente zu gehen, aber hatte mir nicht viel dabei gedacht. Bis jetzt. Mein Mund klappte auf, als ich die volle Bedeutung dieser Worte umriss. Sie wollte hier bleiben...mit uns. Auch wenn wir eine kleine Klinik in Bridgewater hatten, musste sie in der Lage sein, Patienten mit ernsthafteren gesundheitlichen Problemen in die nahegelegenen Krankenhäuser in

Bozeman oder Helena zu überweisen. Ich hatte keine Ahnung über die rechtlichen Dinge, die notwendig waren, wenn ein Arzt in einen anderen Staat zum Arbeiten zog, aber ich hatte das Gefühl, es wäre nicht unmöglich.

Sie wandte sich zu mir und teilte mir mit, was sie anscheinend Declan bereits erzählt hatte. Am Ende waren er und ich beide bereit vor Begeisterung aus unseren Stühlen zu springen. „Also bleibst du?", fragte ich. Ich musste hören, dass sie das eine Wort sagte.

Für eine Sekunde wirkte sie schüchtern, ihr Blick schwenkte vom Tisch zu Dec und dann zu mir. „Nur wenn ihr beiden sicher seid, dass dies – "

„Wir sind sicher", unterbrach sie Dec und ließ sie ihren Satz erst gar nicht beenden. Er grinste.

Ich erhob mich von meinem Stuhl und lief um den Tisch herum zu ihr. Mich nach vorne beugend, schlang ich von hinten meine Arme um sie und fand mit meinen Lippen die sensible Stelle an ihrem Hals, von der ich wusste, dass sie sie zum Erschaudern brachte. Ich atmete ihren Duft ein. „Schatz, es gibt nichts, dass uns glücklicher machen würde. Du bist die Unsere – jetzt und für immer."

Sie drehte ihren Kopf zu mir und lächelte mich an. Sie geriet dieses Mal nicht in Panik, als ich meinen Anspruch auf sie erhob. Unseren Anspruch. „Dann schätze ich mal, dass ich Dr. Murphy am besten gleich mitteile, dass ich bereit bin, sofort loszulegen."

Dec erhob sich ebenfalls von seinem Stuhl und ging um den Tisch auf Hannahs andere Seite. „Nicht so schnell. Ich denke, der gute Doktor würde es verstehen, wenn du ein paar Tage bräuchtest – "

„Ein paar Wochen", verbesserte ich.

Er grinste mir zu. „Ein paar Wochen, um dich zu erholen."

Sie drehte sich von mir zu ihm. „Erholen?"

„Mmm", murmelte ich meine Zustimmung, wobei ich mich nach unten beugte, um meine Nase an ihrem Hals zu reiben und meine Hände über ihre Taille und Hüfte gleiten zu lassen, was sie in ihrem Sitz herumrutschen ließ. „Ich bin mir sicher der Doktor und Jessie werden verstehen, dass deine Männer ein wenig Zeit benötigen, um sich um dich zu kümmern. Nach allem, was passiert ist, verdienst du ein wenig liebevolle Zuwendung von deinen Partnern. Dr. Coles Anweisung."

Dec zog bereits an ihrer Hand, half ihr aus dem Stuhl. „Diese liebevollen Zuwendungen beginnen jetzt, Liebling." Er gab ihrem Po einen leichten Klaps, der sie direkt in Richtung der Treppen schickte. „Jetzt geh schon die Treppen hoch und in unser Bett."

16

Hannah

Der strenge Ton in Declans Stimme, als er mir befahl nach oben zu gehen, war genug, um mein Höschen feucht werden zu lassen. Ich war leicht zu haben. Ich gab es zu. Aber nur mit ihnen. Vielleicht war es wegen dem Adrenalinrausch von vor ein paar Stunden, aber ich zitterte vor Vorfreude, als sie mir ins Schlafzimmer folgten. Zwei große Männer würden mich dominieren und kontrollieren und ich wollte es. Nach Brad könnte man meinen, ich würde allen Männern aus dem Weg gehen. Das Gegenteil schien der Fall zu sein. Ich verzehrte mich nach den beiden. Brauchte sie.

Ich kletterte bereitwillig auf das Bett. Ich hatte schon lange meine Scham darüber überwunden, wie begierig ich darauf war, sie in mir zu fühlen. Auf meinen Rücken plumpsend, vergrub ich meine Finger in der Tagesdecke, während ich beobachtete, wie sie zum Bett kamen, ihre

Augen dunkel vor Lust und ihre Penisse zeichneten sich deutlich unter ihren Jeans ab.

Sie waren die Einen für mich. In diesem Zimmer fühlte ich mich sicher. Beschützt. Wertgeschätzt. In Besitz genommen. Vielleicht waren sie von mir besessen, aber bei diesen beiden? War ich damit einverstanden. Tatsächlich konnte ich es kaum erwarten, zu sehen, wie sie ihrer Besessenheit nachgaben, denn ich wusste, was es mir einbringen würde.

Vergnügen.

Declan beugte sich vor und begann die Knöpfe meiner Uniform zu öffnen. Ich ächzte.

Seine Finger verharrten. „Was?"

„Dieses Kleid ist die reinste Männer Abwehr. Wie könnt ihr mich in diesem hässlichen Ding wollen?"

Da grinste er. „Wir wollen dich nicht darin. Ich versuche gerade, es dir auszuziehen."

Ich verdrehte meine Augen. Cole ging unterdessen auf meine andere Seit und schob den Saum der Uniform hoch, so dass sie um meine Taille gerafft war. „Wir werden dich in jeder Weise nehmen, in der wir dich kriegen können. Hast du das noch immer nicht verstanden, Schatz?"

Ich sah die Unsicherheit in seinen Augen.

„Was?", fragte ich.

„Du weißt, wir wollen dich. Langfristig. Wir haben das deutlich gemacht. Aber ich denke, ich spreche auch für Dec, wenn ich sage, dass wir bereit sind, darauf zu warten, mit dir auf jede Weise zusammen zu sein, die du möchtest. Es liegt bei dir. Wir wünschen uns nur kleine Stücke. Was auch immer du bereit bist zu geben."

Ich schaute zwischen den beiden hin und her. Groß und breit. Muskulös. Stark. Mutig. Cole breitete ohne Zurückhaltung ihre Gedanken vor mir aus. Ja, sie hatten mir erzählt, dass sie mich wollten. Zuerst hatte ich es nicht wirklich geglaubt, aber sie hatten es immer wieder bewiesen, dass sie für mich da waren, für alles.

Ich hatte sie hingehalten. Ja, ich war bereits bei unserem ersten Date mit ihnen in die Kiste gehüpft, aber ich hatte meine Emotionen rausgehalten. Ich hatte ihnen meinen Körper gegeben, aber nichts anderes. Sie wollten mich. Irgendwie hatten sie vom aller ersten Moment an, in dem sich mich gesehen hatten, gewusst, dass ich genau diejenige war, die sie wollten. Dennoch hatte ich sie weiterhin auf Distanz gehalten.

Ich hatte Angst gehabt, sie würden von Brad verletzt werden. Hatte Angst gehabt, sie würden von mir verletzt werden. Hatte gedacht, dass ich nicht mit zwei Männern anbandeln könnte. Ich war scheinbar nicht in der Lage gewesen, auf das zu vertrauen, was sie mir erzählt hatten. Obwohl sie wollten, dass ich mit Haut und Haar die Ihre werden würde, hatte ich nie gesagt, dass ich wollte, dass sie die Meinen werden.

Sie hatten mir gesagt, dass sie mich wollten. Immer und immer und immer wieder. Und sie warteten immer noch.

Tränen traten mir in die Augen.

„Hey, was ist los?", fragte Declan, wobei er eine Träne, die über meine Wange ran, wegwischte.

„Es tut mir leid", schluchzte ich, schluckte hart und unterdrückte meine Tränen. Auch wenn meine Uniform so hässlich war, wie sie nur sein konnte, wollte ich nicht, dass diese beiden auch noch Zeugen meines Weinens wurden.

Cole nickte leicht, dann begann er vom Bett zu rutschen.

„Nein", keuchte ich, griff nach seinem Handgelenk. Ich saß auf und er hielt inne. Ich ließ ihn nicht los. Ich blickte von einem zum anderen, ihre Aufmerksamkeit lag allein auf mir.

Ich wollte sie nie mehr gehen lassen.

„Ich meine, es tut mir leid, dass ich euch nicht vertraut habe. Es tut mir leid, dass ich euren Absichten mir gegenüber nicht mehr Wert beigemessen habe."

„Wir haben gesagt – "

Ich unterbrach Declan. „Ich weiß. Ihr habt die ganze Zeit über gesagt, ich wäre die Eure. Aber ich hörte einfach nur Besitzgier und nicht die gute Sorte. Ich habe nur an Brad gedacht. Ich habe es nie wirklich geglaubt. Euer Gerede von Zusammenleben und Bindung, Hypotheken und Babys."

Cole merkte bei diesen Worten auf. „Du willst Babys?"

Ich wischte über mein Auge, die letzte der Tränen war versiegt. Ich konnte nicht anders, als über seinen Eifer zu lachen. „Ja, irgendwann."

„Das ist gut, denn wir wollen eine ganze Schar mit dir. Ein ganzes Football Team."

Ich streichelte mit meiner Hand über sein Handgelenk und verschränkte unsere Finger miteinander.

„Das ist genau das Problem. Ihr wusstet das die ganze Zeit. Ich habe einfach nicht die Tiefe eures Interesses erkannt."

„Vielleicht waren wir nicht deutlich genug", meinte Declan, nahm meine Hand und hielt sie, so dass wir alle verbunden waren.

„Doch, das wart ihr", bekräftigte ich.

Er schüttelte seinen Kopf. „Vielleicht haben wir nicht die richtigen Worte gewählt."

„Dec hat recht. Wir haben alles gesagt, bis auf die drei wichtigsten Wörter." Cole hob unsere verbundenen Hände, küsste meine Knöchel. „Ich liebe dich, Hannah Lauren Winters."

Die Tränen kehrten zurück, aber das Lächeln ebenfalls.

„Und ich liebe dich", fügte Declan hinzu. „Wir mögen zwar sagen, dass du die Unsere bist, aber hast du nicht verstanden, dass wir auch die Deinen sind?"

Ich nickte, schniefte. „Ja, ungefähr vor drei Minuten."

„Du kannst uns herumkommandieren, so viel du willst."

„Sogar im Schlafzimmer?", fragte ich mit einem Lächeln auf den Lippen.

„Wenn du möchtest, kannst du gerne mit mir machen, was dir gefällt. Für mich ist das in Ordnung", erklärte Declan.

Ich schaute zwischen den beiden hin und her, wusste, dass ihnen das nicht die ganze Zeit gefallen würde. Und mir auch nicht. Also erzählte ich ihnen genau das. „Nein, ich mag es, wenn ihr mit mir macht, was ihr wollt", gestand ich. Ich schaute runter auf das Bett, dann hoch zu ihnen. „Ich liebe euch. Euch beide."

Der Ausdruck auf ihren Gesichtern war etwas, das ich zuvor noch nie gesehen hatte. Es war keine Lust. Es war kein Zorn. Es war...Verehrung. Ehrfurcht. Liebe.

„Du willst das mit uns, Hannah?", wollte Declan wissen. „Alles?"

Ich holte tief Luft, fühlte mich so verdammt glücklich. Bard war fort. Keine Sorgen schwebten über mir. Ich musste nicht mehr über die Schulter schauen. Es gab nur die Zukunft.

Mit ihnen.

„Ja. Ich will alles mit euch. Aber..."

„Aber?", fragte Cole.

„Aber ich will nicht sofort Kinder haben. Ich würde gerne zuerst Dr. Murphys Praxis übernehmen."

Sie nickten beide. „Noch keine Kinder. Das bedeutet nicht, dass wir nicht üben können." Cole grinste und Declan zwinkerte.

Ich lachte. „Ja, lasst uns üben."

Bei diesen Worten legte Declan seine Hand auf mein Brustbein und drückte mich sanft zurück. Mein Rock war nach unten gefallen und Cole schob ihn wieder hoch zu meinen Hüften.

„Hübsches Höschen", merkte er mit tiefer Stimme an. Meine Nippel wurden bei dem veränderten Tonfall hart. Ja, ich liebte es, wenn sie die Führung übernahmen. „Zieh es aus."

17

Hannah

Ich tat wie geheißen, zog es nach unten und aus, während sie mich beobachteten. Ich liebte es, dass ihre Augen auf mir lagen. Zu wissen, dass diese Männer, diese großen Cowboys, die Meinen waren, ließ mein Herz anschwellen und meine Pussy feucht werden.

Declan öffnete meine Uniform weit und löste den vorderen Hacken meines BH, so dass meine Brüste entblößt wurden. „Spreiz deine Beine für uns", befahl er. „Zeig uns deine hübsche Muschi."

„Nein, unsere." Coles Blick glitt über meinen Körper, um mich anschließend anzuschauen. Ich sah brennende Leidenschaft und nichts anderes. „Diese Pussy gehört uns, nicht wahr Hannah?"

Ich biss auf meine Lippe, um ein Wimmern zu unterdrücken, nickte und öffnete langsam meine Beine. Als sie weiterhin schwiegen und Declan nur eine rothaarige

Augenbraue hob, spreizte ich sie noch weiter. Ich wusste, ich war feucht und Coles kleinem besitzergreifendem Grunzen nach zu schließen, bemerkte er es auch.

„Spiel mit deinen Brüsten", forderte Cole, während er auf das Bett kletterte und dabei seine Jeans öffnete. Seine Augen blickten mich unverwandt an.

„Zeig uns, was dir gefällt", drängte mich Declan. Ich erinnerte mich, dass er das Gleiche bereits in der ersten Nacht im Truck gesagt hatte. Damals hatte es mich verschreckt. Jetzt hatte ich Angst, dass ihnen nicht gefallen würde, was sie sahen, besonders, da ich die eintönige Uniform trug. Aber als ich Coles großes Glied sah, nachdem er seine Boxershorts nach unten geschoben hatte, warf ich alle Sorgen über Bord. Ich umfasste meine Brüste, erfreute mich an der Art, wie die Männer nicht ihre Augen von mir abwenden konnten. Ich drehte meine Nippel zwischen meinem Daumen und Zeigefinger. Cole erreichte meine Seite und schob meine Hände sanft aus dem Weg. Er übernahm, beugte sich nach unten, so dass sein Mund eine harte Spitze umschloss und saugte...fest. Seine Hand wiegte die andere, spielte mit ihr.

Ich schrie auf und wölbte meinen Rücken, während er fortfuhr zu zwicken und zu saugen. Er war nicht sanft, aber das wollte ich auch gar nicht. Diese Aufmerksamkeit ließ mich alles andere als meine Männer vergessen. Sie kümmerten sich um mich. Umsorgten mich. Liebten mich.

Meine Augen schlossen sich, während ich die süße Tortur genoss, aber ich war mir auch vage der Bewegung am Fußende des Bettes bewusst. Dennoch war ich überrascht, als Declan meine Oberschenkel packte und sie sogar noch weiter spreizte, bis meine Beine so weit auseinander waren, wie es möglich war. Dann vergrub er sein Gesicht zwischen ihnen, sein Mund auf meiner Muschi, leckte die Spalte entlang, teilte dann meine Schamlippen mit seinen Fingern, damit er meinen Eingang umkreisen konnte. Sein Bartschatten scheuerte auf wundervollste Weise an meinem Innenschenkel, steigerte den süßen Schmerz, den Cole meinen Nippeln zufügte. Declans Zunge spielte mit meiner Klitoris und ein Finger glitt in mich, krümmte sich über meinem G-Punkt.

Ich vergrub eine Hand in Coles Haaren und die Andere hielt sich an Declans Hinterkopf fest, drückte sie beide an mich, während ich mich unter ihnen wand. Ich hob meine Hüften in dem Verlangen nach mehr, wann immer Declans Zunge von meiner Pussy abließ und stöhnte meinen Verdruss hinaus, wenn Cole einen Nippel für den anderen losließ. Meine Güte, ich wollte, dass sie nie aufhörten.

Aber das taten sie. Declan hob seinen Kopf und ich blickte meinen nackten Körper hinunter, um ihn anzusehen. Seine Augen waren von einem stürmischen Blau, seine Lippen feucht und glitzernd von meinem Saft. „Wenn diese Muschi uns gehört, dann tut es auch dieser jungfräuliche Hintern."

Er drehte sein Handgelenk, beließ seine Finger in mir, aber strich mit seinem Daumen über die empfindliche Öffnung.

Bei dem Gefühl schreckte ich zurück. Mein Kitzler war geschwollen und pulsierte, seine Finger waren immer noch in meiner Pussy. Und jetzt das.

„Schh, langsam", beruhigte er mich.

Mein Kopf fiel zurück, während er fortfuhr zu spielen, zu umkreisen, nach innen zu drücken.

Zuerst bekämpfte ich ihn; die instinktive Reaktion meines Körpers, um ihn auszuschließen. Aber als er seinen Kopf wieder senkte und seine Zunge über meine Klitoris wanderte, seufzte ich, lockerte alle Muskeln. In diesem

Moment öffnete ich mich und sein Daumen glitt nach innen.

Ich hörte den Deckel einer Tube Gleitgel, aber öffnete meine Augen nicht. Sein Daumen glitt zurück und ich fühlte kühle Tropfen, als er wieder nach innen drückte, das Gleitgel mit einführte wieder und wieder, mehr und mehr hinzufügte, während er immer tiefer eindrang.

Ich war dort so glitschig, dass es nicht schmerzhaft war. Ja, da war ein leichtes Brennen, ein Dehnen, aber es fühlte sich auch gut an. Cole spielte wieder mit meinen Brüsten und ich wusste jetzt die Vorteile von zwei Mündern und vier Händen zu schätzen. Die Dinge, die sie tun konnten...

„Oh Gott...fuck", stöhnte ich, unfähig mich zurückzuhalten. Ich konnte nichts vor ihnen verbergen, besonders nicht mein Vergnügen, wenn sie so aufmerksam waren, mich berührten, mich leckten, mich zum Rand des Höhepunkts trieben, dann darüber.

Ich schrie, rief ihre Namen, vergrub meine Finger in ihren Haaren.

Ich verlor jegliches Zeitgefühl. Wenn sie probierten, mir zu zeigen, wie innig ich geliebt wurde...tja, dann hatten sie ihre Mission erfüllt. Als der Orgasmus verebbte, war ich mir nicht sicher, ob jemals eine Frau so gründlich gesaugt und geleckt und gestreichelt und berührt worden war. Sie machten weiter, sogar nachdem ich gekommen war, meine Pussy pulsierte unter Declans Mund, mein Hintern zog sich um seinen Daumen zusammen, wollte mehr, wollte es tiefer. Nachdem ich ein zweites Mal gekommen war, hielten sie endlich inne. Na gut, ich hatte sie nicht wirklich darum gebeten...

„Fickt mich", bettelte ich. „Ich muss gefickt werden. Von euch beiden. Bitte."

Dies waren die Zauberworte.

Ich war ein knochenloser Haufen Wackelpudding, aber als Declan mich auf alle viere befahl, gelang es mir mit ein wenig Hilfe meiner Männer mich umzudrehen. Cole legte sich zurück auf das Bett mit dem Kopf auf den Kissen. Declan begab sich hinter mich.

„Vertraust du uns, Schatz?", fragte Cole, wobei sich seine Hand hob, um meine Wange zu streicheln. Meine Brüste hingen nach unten, schwer und schmerzend, die Spitzen hart und ein wenig wund von seiner leidenschaftlichen Aufmerksamkeit.

Ein neckischer Klapps auf meinem Po erschreckte mich und ich fühlte wie meine Brüste schwangen.

„Antworte ihm, Hannah", befahl Declan. Er beugte sich über mich und ich fühlte seine warme Brust auf meinem Rücken. „Vertraust du uns?"

„Ja", antwortete ich schnell. Es gab keinen Grund, es hinauszuzögern. Ich tat es. Ich vertraute ihnen. Völlig. Aus ganzem Herzen.

„Du willst uns beide nehmen?", bohrte er nach, während seine Lippen über meine Schulter strichen. Ein Schauder lief mir über den Rücken. „Ich werde in deinem Hintern sein und Cole tief in deiner Pussy."

„Ja", hauchte ich.

Cole grinste und krümmte seinen Finger. Ich hob mein Knie hoch und über seine Hüften, so dass ich rittlings auf ihm saß. Seinen Schwanz in meine Hand nehmend, streichelte ich ihn einmal, dann wieder, bevor ich mich erhob und die entflammte Spitze zu meinem Eingang führte.

Er packte mein Handgelenk. „Kondom, Schatz." Er zischte diese Worte durch zusammengebissene Zähne, weshalb ich wusste, dass er genauso erregt war wie ich.

Ich schüttelte meinen Kopf, biss auf meine Lippe, löste

meinen Griff von seinem Glied, wodurch ich auf ihn sank, einen wundervollen, großen Zentimeter nach dem anderen.

„Ich nehme die Pille."

Cole stöhnte. „Verdammt, Hannah. Ich habe das noch nie – "

Seine Worte wurden unterbrochen, als ich mich erhob, dann auf ihn fallen ließ und ihn vollständig aufnahm.

„– ungeschützt gemacht."

Er fühlte sich ohne das trennende Latex so gut an. Es war nur Cole, reines Empfinden.

„Ich habe es ebenfalls noch nie gemacht, aber wenn dies für immer ist, möchte ich nichts zwischen uns haben."

„Himmeldonnerwetter, ist das heiß", sagte Declan, während seine Hand über meinen Rücken glitt.

„Komm her. Gib mir einen Kuss." Cole legte eine Hand in meinen Nacken und zog mich runter. Sein Mund war weich, süß und sanft, das komplette Gegenteil von dem, was wir gerade taten. Ich fühlte seine Liebe in diesem Kuss, in der Weise, wie sich seine Hüften hoben und senkten, sanft, als ob er jeden Moment, in dem wir ungeschützt waren, genoss.

Ich hörte das Spritzen des Gleitgels, das Geräusch von Declans Hand, die seinen Penis hoch und runter rieb. Seine bedeckten Finger glitten durch meine Spalte und über das Loch, in das er bald eindringen würde. Ich war bereit für ihn, dafür hatte er gesorgt.

„Ich auch, Liebling. Nichts zwischen uns", verkündete Declan, als ich die breite Eichel gegen mich drücken fühlte.

So wie ich nach unten gebogen war, war ich in der perfekten Position, dass er in mich eindringen konnte, dass sie mich beide ficken konnten. Zusammen.

Cole lockerte seinen Griff, aber hielt immer noch sanft

meinen Nacken. Ich sah das tiefe Verlangen in seinem Blick. „Ganz locker, lass Dec rein."

Ich schenkte ihm ein kurzes Nicken und starrte einfach in seine Augen, als Declan meine Hüfte packte und begann mehr und mehr nach innen zu pressen.

„Drück zurück, Hannah. Gut. Wieder. Ja, atme. Ich bin fast – "

Ich stöhnte, als Declan mich öffnete und dann den Schließmuskel passierte.

„Oh mein Gott", keuchte ich. Da war ein Brennen, aber es war nicht zu schlimm. Sie hatten mich gut vorbereitet, aber ich hatte keine Ahnung gehabt, dass es so sein würde. Ich war so voll, das Gefühl so intensiv. Nein, es war mehr als intensiv, es trieb mir die Tränen in die Augen. Ich fühlte mich gleichzeitig verletzlich und machtvoll. Ich war noch nie zuvor für irgendjemanden so offen gewesen, so entblößt. Dies musste die intimste Sache aller Zeiten sein. Dennoch fühlte ich mich mächtig. Ich war diejenige, die uns verband. Ich war diejenige, die uns, nicht zu einem Paar, aber vielleicht zu dem Beginn einer Familie machte. Ich war die Mitte. Das Herz des Ganzen.

„Ganz locker", sagte Cole wieder. „Gutes Mädchen. Nimm dir eine Minute. Schh."

Ich wackelte mit den Hüften, entspannte meine Hände auf der Bettdecke, bog meinen Rücken durch, nahm mir die Zeit, um mich an das neue Gefühl zu gewöhnen. Ich atmete tief ein, befahl den dummen Tränen zu verschwinden.

Ich leckte meine Lippen, fühlte, wie sich Coles Brust hob und senkte, spürte seine großen Hände auf meinen Hüften. Declan streichelte mit einer Hand über meinen Rücken, umfasste meinen Po. Der Geruch von Sex wirbelte um uns, moschusartig und berauschend. Dies war kein kurzer Fick im Dunkeln. Zur Hölle es war nicht einmal ein

Quickie auf dem Küchentisch. Dies war reines Ficken. Heiß und feucht, laut und schweißtreibend. Und ich liebte es.

Ich wackelte noch ein bisschen, drückte nach hinten und Declan glitt noch ein wenig tiefer. Cole warf einen Blick über meine Schulter.

„Bereit für mehr?", fragte Declan.

Ich nickte, mein langes Haar glitt über meinen bloßen Rücken.

„Sag es, Liebling. Sag, dass du willst, dass dich deine Männer gemeinsam vögeln." Declans Worte waren so animalisch, so dunkel, dass ich erschauderte.

„Ich will euch...ich will, dass ihr mich gemeinsam fickt", flüsterte ich, als ob ich vor dem Sturm ruhig sein müsste.

Cole hob mich hoch, so dass er aus mir glitt und nur noch die breite Eichel zwischen meinen geschwollenen Lippen verweilte, während Declan tiefer und tiefer versank. Als er sich zurückzog, fügte er mehr Gleitgel hinzu, so dass er tief in mich eindringen konnte.

Ich drückte meine Hände gegen Coles Brust, wölbte meinen Rücken, schaukelte meine Hüften, so sehr ich konnte, wobei meine Klitoris gegen Cole rieb. Es war zu viel. Sie waren zu viel. Gott, *wir* waren zu viel.

„Ich...ich werde kommen", keuchte ich. Meine Augen waren geschlossen und ich fühlte, wie mir der Schweiß ausbrach. Coles Körper war so heiß unter meinen Handflächen. Declans Atem pfiff in meinem Ohr, während sich seine Hüften gegen meinen Hintern pressten.

„Ich bin drin. Verdammt, Hannah, du bist perfekt."

Ja, er war vollständig in mir. So tief, dehnte mich so weit.

Er zog sich langsam zurück, als Cole tief in mich stieß.

„Ich...es ist zu viel!"

„Komm", sagte Cole und beschleunigte sein Tempo. Auch wenn ich spürte, dass sich Declan zurückhielt, nahm er mich jetzt mit ganzen Stößen, wobei sich der immer noch enge Eingang um seine gesamte Länge klammerte und drückte, während er sich bewegte.

Ich kam. Vielleicht weil es Cole befohlen hatte, aber ich wusste, es war einfach zu viel. Ich hatte mich mein ganzes Leben und in meiner Beziehung mit ihnen zurückgehalten. Ich hatte so viel Vergnügen verpasst.

Und jetzt, übergab ich mich ihnen. Ich hielt nichts mehr vor meinen Männern zurück. Ich wand mich auf Coles Schoß, als ich kam, meine inneren Wände molken ihre Schwänze, wollten sie noch tiefer und tiefer ziehen.

Declan legte eine Hand auf meine Schulter, als er mich vollständig ausfüllte und schrie, während er kam. Er hielt mich währenddessen auf der Stelle, aber lockerte langsam seinen Griff, ließ seine Hand wegfallen. Er glitt vorsichtig aus mir und ich spürte, dass ihm sein Samen folgte. Zur Seite rutschend, erlaubte er Cole meine Hüften zu packen und mich auf den Rücken zu drehen. Er stieß in mich, hielt sich nicht mehr zurück. „Gott, Hannah. Ja. Ich liebe das mit dir. Ich liebe dich."

Sein wilder Rhythmus ließ mich wieder kommen, obwohl ich bezweifelte, dass mein Orgasmus nach dem ersten Mal jemals aufgehört hatte. Ich hob meine Knie nach oben, umklammerte seine Hüften, aber er nahm meine Knöchle und hob sie zu seinen Schultern, drang noch tiefer ein.

Er stieß einmal in mich, zweimal, dann kam er. Ich kam mit ihm. Keine Grenzen. Keine Zurückhaltung.

Ich brach auf seiner Brust zusammen. Unsere Körper klebten aneinander. Sein Penis wurde weich in mir.

Ich fühlte Declan neben mich rutschen. Cole drehte sich, legte mich zwischen sie.

„Du bist die Unsere", sagte Cole, wiederholte seine

besitzergreifenden Worte. Ja, sie waren besitzergreifend und jetzt glaubte ich, dass sie sogar ein wenig besessen gewesen waren. Allerdings nicht wie Brad. Sie waren perfekt gewesen. Perfekt für mich.

Brad hatte mein Leben ruiniert, hatte mich gezwungen, vor allem, das ich kannte, zu fliehen. Dennoch hatte ich deswegen herausgefunden, wohin ich gehörte. Gutes von Bösem. Licht von Schatten.

Ich streckte meine Hand aus und fasste nach Declans nacktem Schenkel, legte meine andere Hand auf Coles Brust.

Sie hatten mich erobert, mich als die ihre markiert...und ich hätte es nicht anders gewollt.

„Ihr seid die Meinen", gelobte ich.

Ich hatte den Rest meines Lebens, um es zu versuchen, aber ich wusste, dass ich nie genug von ihnen haben könnte.

MEHR WOLLEN?

Lesen Sie einen Auszug aus Nehmt Mich Schnell, Buch 3 in der Bridgewater County Serie!

NEHMT MICH SCHNELL - PROLOG

IVY

Vor sieben Jahren

Trotz des Schlafsacks war die Ladefläche von Coopers rostigem, altem Truck hart unter meinem Rücken, aber es war mir egal. Denn ich hatte endlich, was ich wollte. *Wen* ich wollte – mal zwei.

Rory lag auf mir, sein schlanker, aber dennoch starker Körper hatte es sich zwischen meinen Schenkeln bequem gemacht, so dass ich die breite Form seines steifen Schwanzes spüren konnte. Mein Rock war nach oben gerutscht, wodurch mein feuchter Slip gegen seine Jeans gedrückt wurde.

Mein Kopf lag auf Coopers Arm und sein Atem strich über meine Wange, während seine freie Hand in meine Baumwollbluse glitt. Geschickte Finger fanden durch meinen Spitzen-BH meine harten Nippel. Ich muss gestöhnt haben, denn Rory hielt über mir inne, seine Hüften hörten auf, sich an mir zu reiben und er beendete den heißen, feuchten, leidenschaftlichen Kuss, der das Ganze erst ins Rollen gebracht hatte.

Eine Sekunde lang glaubte ich, dass er vielleicht gestoppt hatte, weil jemand das Geräusch gehört hatte. Aber nein. Wir hatten in der Mitte des Feldes der Bakers geparkt, weit weg von der Stadt. Die Nacht war kohlrabenschwarz, nur der aufsteigende Mond bot uns Licht. Meilenweit war niemand in unserer Nähe. Nur das Heulen eines einsamen Kojoten in der Ferne erinnerte uns daran, wo wir waren.

Es war Cooper, der die Stille brach. Seine tiefe Stimme erklang sanft an meinem Ohr. „Bist du dir sicher, Ivy? Wir wollen dich einfach schon seit so langer Zeit. Viel zu langer Zeit. Wir müssen das nicht tun, wenn du nicht möchtest."

Ich unterdrückte ein frustriertes Stöhnen, wölbte meinen Rücken seiner Handfläche entgegen. Meine Muschi schmerzte, pulsierte, sehnte sich danach, gefüllt zu werden. Aber ich wollte nicht, dass irgendjemand meine Lust befriedigte – ich wollte diese Jungs. Alle beide. Ich hatte sie seit einer Ewigkeit gewollt.

Cooper und Rory.

Wir waren zusammen aufgewachsen, weshalb ich sie schon immer kannte, aber unser Timing war nie richtig gewesen. Zu dem Zeitpunkt, an dem sie mich bemerkten, hatte ich die Hoffnung auf sie aufgegeben und einen Freund. Tom war nett und alles. Ich hatte gehofft, dass es ihm gelingen würde, meine Meinung über Cooper und Rory zu ändern. Ich hatte aus der Ferne beobachtet, wie sie älter wurden, wie sie größer wurden…wie sie Männer wurden. Aber erst bei unserem Schulabschluss trennte ich mich von Tom. Ich erzählte ihm, es wäre, weil ich Bridgewater verlassen und aufs College nach Seattle gehen würde. Das war jedoch nur ein Teil des Grundes, denn ich beendete unsere Beziehung, weil eine Sache deutlich geworden war – Tom hatte mich nie so erregt, wie es Rory und Cooper nur mit einem glühenden Blick durch die Menschenmenge an einer Party gelang oder mit einem einfachen Gespräch an einem der High-School Lagerfeuer. Ich hatte mich selbst lang genug belogen. Ich hatte mit ihm keinen Sex gehabt, weil ich nicht bereit gewesen war. Ich wäre es vielleicht gewesen, wenn Tom der Richtige für mich gewesen wäre. Aber das war er nicht.

Ich wollte Cooper und Rory und niemand sonst würde mir genügen. Ich fühlte Dinge für sie, Dinge, die ich selbst nicht verstand. Zumindest nicht bis jetzt.

Meine Eltern hatten mich bei meiner Großmutter zurückgelassen, als ich noch ein Baby war, und Omas Vorstellung von Aufklärung war, dass sie mir einige Bilder von Bienen und Blümchen zeigte. Keines dieser Bilder bereitete mich auf den Feuersturm vor, der immer in mir entfacht wurde, wenn Cooper und Rory in der Nähe waren. Irgendeine Art elektrische Anziehung zwischen uns erhitzte meine Haut, machte meine Höschen feucht und veranlasste meinen Magen dazu Saltos zu schlagen.

Ich hatte gedacht, ich wüsste, was Anziehung war, aber ich hatte keine Ahnung gehabt. Jetzt hatte ich, dank Rory und Cooper, endlich eine Vorstellung davon, was es bedeutete, begehrt und gewollt zu werden, aber unser Timing war wieder absolut schrecklich. Wenn ich nur eher gewusst hätte, dass sie Interesse hatten. Wenn sie es mir erzählt hätten. *Wenn...*genug mit den Wenns. Der Sommer war fast vorbei und wenn er erst endete, würden wir alle getrennter Wege gehen.

Cooper und Rory waren immer noch neben und über mir erstarrt, ihre Hände frustrierend regungslos, während sie auf meine Antwort warteten. Ich hatte gehört, dass manche Typen sich einfach nahmen, was sie wollten, aber nicht diese beiden. Der Ausdruck von Besorgnis in ihren Gesichtern war süß, aber ich konnte nicht verstehen, warum sie aufgehört hatten. Dies war, was ich so lange gewollt hatte – *sie* waren, was ich gewollt hatte – und jetzt war es so nahe, dass ich es schmecken konnte, es *spüren* konnte. Ich bewegte mich, versuchte, näher an sie heranzukommen.

„Ich bin mir sicher", keuchte ich, wiegte meine Hüften und brachte Rory dazu, seinen Atem zischend auszustoßen. Ich streckte meine Hand nach oben, strich seine dunklen Locken nach hinten, obwohl sie sofort wieder über seine Stirn fielen. „Ich will, dass mein erstes Mal mit euch ist. Mit euch beiden."

Für die meisten wäre es verrückt, achtzehn zu sein und sich zu wünschen, das erste Mal mit zwei Jungs zu haben. Aber dies war Bridgewater. Zwei Männer waren hier die Norm.

„Wir hatten nicht gedacht, dass es so weit gehen würde", erklärte Rory und streichelte mit seinem Daumen über meine Wange. Bis auf die wenigen geöffneten Knöpfe meiner Bluse waren wir noch immer vollständig bekleidet. „Dass du es wollen würdest, zumindest nicht heute Nacht. Scheiße, ich habe, ähm, wir haben keine Kondome dabei."

„Das ist okay", flüsterte ich, meine Wangen wurden unter ihren aufmerksamen Blicken heiß und ich hoffte, sie konnten das im Mondlicht nicht sehen. „Ich nehme die Pille." Ich wusste nicht, warum es mir peinlich war. Ich war nicht das einzige Mädchen auf unserer Schule, dass Sex hatte, oder, in meinem Fall, haben würde. An dem Tag, an dem ich achtzehn geworden war, war ich zu Dr. Murphy gegangen. Ich hatte bereits mit Tom Schluss gemacht, aber ich hatte mir selbst eingeredet, dass ich bereit sein wollte, wenn ich aufs College ging.

Als ich in Rorys halbgeschlossene Augen starrte und

Coopers mühsames Atmen neben mir hörte, konnte ich mich nicht länger selbst belügen. Ich hatte angefangen, die Pille zu nehmen, weil ich entgegen jeglicher Hoffnung gehofft hatte, dass dies passieren würde. Ich hatte monatelang davon geträumt, von diesen beiden Jungs gevögelt zu werden und nun verhielten sie sich so, als wären sie zu große Gentlemen, um mir zu geben, was ich brauchte. Ich liebte das an ihnen, aber jetzt war es nicht nötig.

Meine Hüften nach oben hebend drückte ich meine Pussy wieder gegen Rorys Erektion. „Ich weiß, was ich tue. Ich will dies."

Ich beobachtete, wie sich Rorys Kiefer anspannte, aber er bewegte sich nicht. Er schien auf Coopers Entscheidung zu warten.

Ich drehte meinen Kopf, um Cooper anzuschauen, den Blonden – den süßen und sanften. Nicht, dass Rory nicht auch süß war...aber er war auf keinen Fall sanft. Ich wusste, wenn sie mit mir schlafen würden, würden sie das entsprechend ihrem jeweiligen Charakter tun. Rory mit wilder Hemmungslosigkeit, Cooper mit Geduld und Bedächtigkeit.

Cooper schob mit der Hand, die gerade noch mit meinen Brüsten gespielt hatte, meine Haare hinter mein Ohr. Sein heller Blick begegnete meinem, hielt ihn. „Gott weiß, dass wir dich mit jeder Faser unseres Körpers wollen, Schatz. Das haben wir schon immer. Aber wir werden bald gehen..."

Ein völlig neuer Schmerz schwappte über mich. Trauer. Bedauern. Etwas nahe an Nostalgie, auch wenn das überhaupt keinen Sinn ergab. Wir wussten alle, dass dies die einzige Chance sein würde, die wir hatten, da ich in ein paar Tagen aufs College weggehen würde und die Jungs sich bei der Armee eingeschrieben hatten. Wir befanden uns in unserer eigenen kleinen Blase auf der Ladefläche des Lasters. Allein. Zusammen. Sicher.

Das war sie. Unsere einzige Chance.

Ich zwang mich für Cooper zu einem Lächeln. „Ich weiß." Ich holte tief Luft. „Noch ein Grund mehr für uns, diese eine Nacht zu haben, meinst du nicht?"

Cooper grinste und beugte sich zu mir, um mir einen langen, andauernden Kuss zu geben, während Rory über mir knurrte. Er begann sich an mir zu reiben und ich spreizte meine Beine weiter, gewährte ihm völligen Zugang.

Meine Worte funktionierten. Jegliche Zurückhaltung war vergessen und beide Jungs wurden aktiv, indem sie mit den übrigen Knöpfen meiner Bluse und dem Reisverschluss meines Rocks kämpften. Rory gab sich dem Rock geschlagen und zog mir stattdessen in einer fließenden Bewegung mein Höschen aus. Sie beeilten sich, ihre eigenen Klamotten auszuziehen und kurz darauf starrte ich hoch zu zwei sehr nackten, sehr *heißen* jungen Männern.

Mein Mund stand offen, als ich ihre zwei steifen Penisse entdeckte, die über mir aufragten. Heilige Scheiße, sie waren groß und sie waren bereit. Ich hatte Bilder von Penissen in Magazinen und im Internet gesehen, aber sie waren überhaupt nicht wie diese beiden gewesen. Dick und lang, sowie hart, zeigten beide direkt auf mich.

Danach geschah alles auf einmal. Wir schienen nur noch aus Händen und Mündern zu bestehen, während wir uns gierig betatschten und küssten und leckten und saugten.

Cooper nahm mich als erster. Er ließ sich zwischen meinen gespreizten Schenkeln nieder und drückte sacht gegen meinen feuchten Eingang. Er dämpfte meinen Schmerzensschrei mit einem Kuss, als er meine Jungfräulichkeit nahm. Während er das tat, flüsterte Rory in mein Ohr, erzählte mir, wie hübsch ich war, wie perfekt wir zusammen waren, wie er es nicht erwarten konnte, in mich einzudringen. Er griff zwischen Cooper und mich, fand meine Klitoris mit seinem Daumen, während sich Cooper weiterhin langsam bewegte. Er glitt tief, dann zog er sich fast komplett zurück. Die Kombination war zu viel. Ich klammerte mich an seinen Rücken, zog ihn tiefer, wollte mehr. Schneller. Wollte alles. Ich warf meinen Kopf zurück und schrie hoch zu den Sternen. Danach verlor ich den Überblick darüber, wie oft sie mich zum Höhepunkt brachten, wie oft sie sich darin abwechselten, mich zu vögeln. Bis wir drei uns in einander verloren hatten, bis es nichts mehr zwischen uns gab.

HOLEN SIE SICH IHR KOSTENLOSES BUCH!

TRAGEN SIE SICH IN MEINE E-MAIL LISTE EIN, UM ALS ERSTES VON NEUERSCHEINUNGEN, KOSTENLOSEN BÜCHERN, SONDERPREISEN UND ANDEREN ZUGABEN ZU ERFAHREN. SIE ERHALTEN EIN KOSTENLOSES BUCH FÜR IHRE ANMELDUNG! TRAGEN SIE SICH IN MEINE E-MAIL LISTE EIN, UM ALS ERSTES VON NEUERSCHEINUNGEN, KOSTENLOSEN BÜCHERN, SONDERPREISEN UND ANDEREN ZUGABEN ZU ERFAHREN. SIE ERHALTEN EIN KOSTENLOSES BUCH FÜR IHRE ANMELDUNG!

kostenlosecowboyromantik.com

ÜBER DIE AUTORIN

Vanessa Vale ist eine USA Today Bestseller Autorin von über 40 Büchern. Dazu zählen sexy Liebesromane, einschließlich ihrer bekannten historischen Liebesserie Bridgewater, und heißen zeitgenössischen Romanzen, bei denen dreiste Bad Boys, die sich nicht nur verlieben, sondern Hals über Kopf für jemanden fallen, die Hauptrollen spielen. Wenn sie nicht schreibt, genießt Vanessa den Wahnsinn zwei Jungs großzuziehen, findet heraus wie viele Mahlzeiten man mit einem Schnellkochtopf zubereiten kann und unterrichtet einen ziemlich guten Karatekurs. Auch wenn sie nicht so bewandert in Social Media ist wie ihre Kinder, so liebt sie es dennoch, mit ihren Lesern zu interagieren.

BookBub

Instagram

www.vanessavaleauthor.com

HOLE DIR JETZT DEUTSCHE BÜCHER VON VANESSA VALE!

Du kannst sie bei folgenden Händlern kaufen:

Amazon.de
Apple
Weltbild
Thalia
Bücher
eBook.de
Hugendubel
Mayersche

CPSIA information can be obtained
at www.ICGtesting.com
Printed in the USA
BVHW041408110620
581314BV00011B/710

9 781795 900591